暗号クラブ

9

暗号クラブ、日本へ！

日本の読者のみんなに、この本を捧《ささ》げます。
「暗号クラブ」を好《す》きになってくれて、ありがとう。

◆暗号クラブ規則《きそく》◆

◆モットー◆

その一　暗号、パズル、なぞを見つけたら、必《かなら》ず解《と》く！
その二　暗号クラブの活動内容《ないよう》は、人にしゃべらない。

◆クラブのサイン◆

右手と左手の人さし指をひっかけあう
（アメリカの手話で「友だち」の意味）。

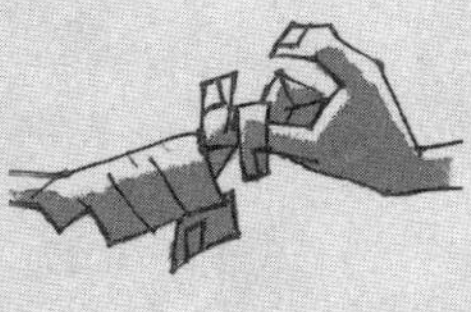

◆秘密《ひみつ》のパスワード◆

その日の曜日を逆《さか》さまに言う（日曜日なら、「びうよちに」）。

◆集合場所◆

暗号クラブの部室（ユーカリ林の奥《おく》に建《た》てた小屋）

◆もくじ◆

◆登場キャラクター紹介《しょうかい》◆

会員番号 ①
ダコタ・ジョーンズ

ニックネーム：コーディ
秘密《ひみつ》の呼《よ》び名《な》：コード・レッド
特徴《とくちょう》：赤毛、くせっ毛／緑の瞳《ひとみ》
トレードマーク：ほっぺのそばかす、
　　　　　　　　赤いパーカ
特技《とくぎ》：観察
れんらく先：ハイノキ
得意《とくい》分野：手話、点字、警察《けいさつ》用語

会員番号 ②
クイン・キィ

秘密《ひみつ》の呼《よ》び名《な》：ロック＆《アンド》キー
特徴《とくちょう》：黒のツンツン頭／茶色の瞳《ひとみ》
トレードマーク：サングラス
特技《とくぎ》：テレビゲーム、
　　　　コンピュータ、ギター
れんらく先：犬小屋
将来《しょうらい》の計画：ＣＩＡ《シーアイエー》の暗号解析担当官《かいせきたんとうかん》、
　　　　　　またはゲームソフト開発者
得意《とくい》分野：軍隊《ぐんたい》用語、コンピュータ用語

会員番号③　マリアエレナ・エスペラント

ニックネーム：エム・イー
ひみつの呼《よ》び名《な》：ＭＥ《エムイー》
特徴《とくちょう》：茶色のロングヘア／茶色の瞳《ひとみ》
トレードマーク：ハデハデファッション
特技《とくぎ》：手書き文字の解読《かいどく》、歌
れんらく先：植木ばち
将来《しょうらい》の計画：ＦＢＩ《エフビーアイ》の筆跡鑑定官《ひっせきかんていかん》、または獣医《じゅうい》
得意《とくい》分野：スペイン語、ケータイのショートメール

会員番号④　ルーク・ラヴォー

秘密《ひみつ》の呼《よ》び名《な》：クール・ガイ
特徴《とくちょう》：黒のくせっ毛／こげ茶の瞳《ひとみ》
トレードマーク：アメフトチーム、
ニューオーリンズ・セインツのぼうし
特技《とくぎ》：スポーツ全般《ぜんぱん》、スケートボード
れんらく先：げんかんポーチのかいだん下
将来《しょうらい》の計画：プロのスケボー選手《せんしゅ》、
スタントマン、またはレーサー
得意《とくい》分野：単語パズル、アナグラム

会員番号⑤　リカ・タケダ

秘密《ひみつ》の呼《よ》び名《な》：千尋《せんじん》（ひいひいおじいさんにちなんで）
特徴《とくちょう》：黒髪《くろかみ》／茶色の瞳《ひとみ》
トレードマーク：まっすぐ切りそろえた前髪《まえがみ》
特技《とくぎ》：折り紙、俳句《はいく》、イラスト
れんらく先：げんかんの畳《たたみ》マットの下
将来《しょうらい》の計画：画家、詩人、アニメーター
得意《とくい》分野：日本語、パズル、寄木細工《よせぎざいく》

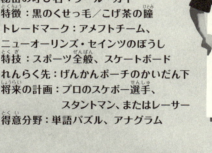

◆ローマ字対応《たいおう》表◆

ら	や	ま	は	な	た	さ	か	あ
ra	ya	ma	ha	na	ta	sa	ka	a
り		み	ひ	に	ち	し	き	い
ri		mi	hi	ni	ti	si	ki	i
る	ゆ	む	ふ	ぬ	つ	す	く	う
ru	yu	mu	hu(fu)	nu	tu	su	ku	u
れ		め	へ	ね	て	せ	け	え
re		me	he	ne	te	se	ke	e
ろ	よ	も	ほ	の	と	そ	こ	お
ro	yo	mo	ho	no	to	so	ko	o

じゃ	しゃ	きゃ	ぱ	ば	だ	ざ	が	わ
ja	sya	kya	pa	ba	da	za	ga	wa
			ぴ	び	ぢ	じ	ぎ	
			pi	bi	di	zi	gi	
じゅ	しゅ	きゅ	ぷ	ぶ	づ	ず	ぐ	を
ju	syu	kyu	pu	bu	du	zu	gu	wo
			ぺ	べ	で	ぜ	げ	
			pe	be	de	ze	ge	
じょ	しょ	きょ	ぽ	ぼ	ど	ぞ	ご	ん
jo	syo	kyo	po	bo	do	zo	go	n

◆指文字対応《たいおう》表◆

あ か さ た な は ま や ら
い き し ち に ひ み り
う く す つ ぬ ふ む ゆ る
え け せ て ね へ め れ
お こ そ と の ほ も よ ろ
わ が ざ だ ば ぱ ぁ ゃ
ぎ じ ぢ び ぴ ぃ
を・ぉ ぐ ず づ ぶ ぷ ぅ っ ゅ
げ ぜ で べ ぺ ぇ
ん ご ぞ ど ぼ ぽ ぉ ょ

◆モールス信号《しんごう》表◆

ソ	セ	ス	シ	サ	コ	ケ	ク	キ	カ	オ	エ	ウ	イ	ア
－－－・	・－－－・	－－－・－	－－・－・	－・－・－	－－－－	－・－－	・・・－	－・－・・	・－・・	・－・・・	－・－－－	・・－	・－	－－・－－

ホ	ヘ	フ	ヒ	ハ	ノ	ネ	ヌ	ニ	ナ	ト	テ	ツ	チ	タ
－・・	・	－－・・	－－・・－	－・・・	・・－－	－－・－	・・・・	－・－・	・－・	・・－・・	・－・－－	・－－・	・・－・	－・

ヲ	ワ	ロ	レ	ル	リ	ラ	ヨ	ユ	ヤ	モ	メ	ム	ミ	マ
・－－－	－・－	・－・－	－－－	－・－－・	－－・	・・・	－－	－・・－－	・－－	－・・－・	－・・・－	－	・・－・－	－・・－

0	9	8	7	6	5	4	3	2	1	長音《ちょうおん》	半濁点《はんだくてん》	濁点《だくてん》	ン
－－－－－	－－－－・	－－－・・	－－・・・	－・・・・	・・・・・	・・・・－	・・・－－	・・－－－	・－－－－	・－－・－	・・－－・	・・	・－・－・

◆点字対応《たいおう》表◆

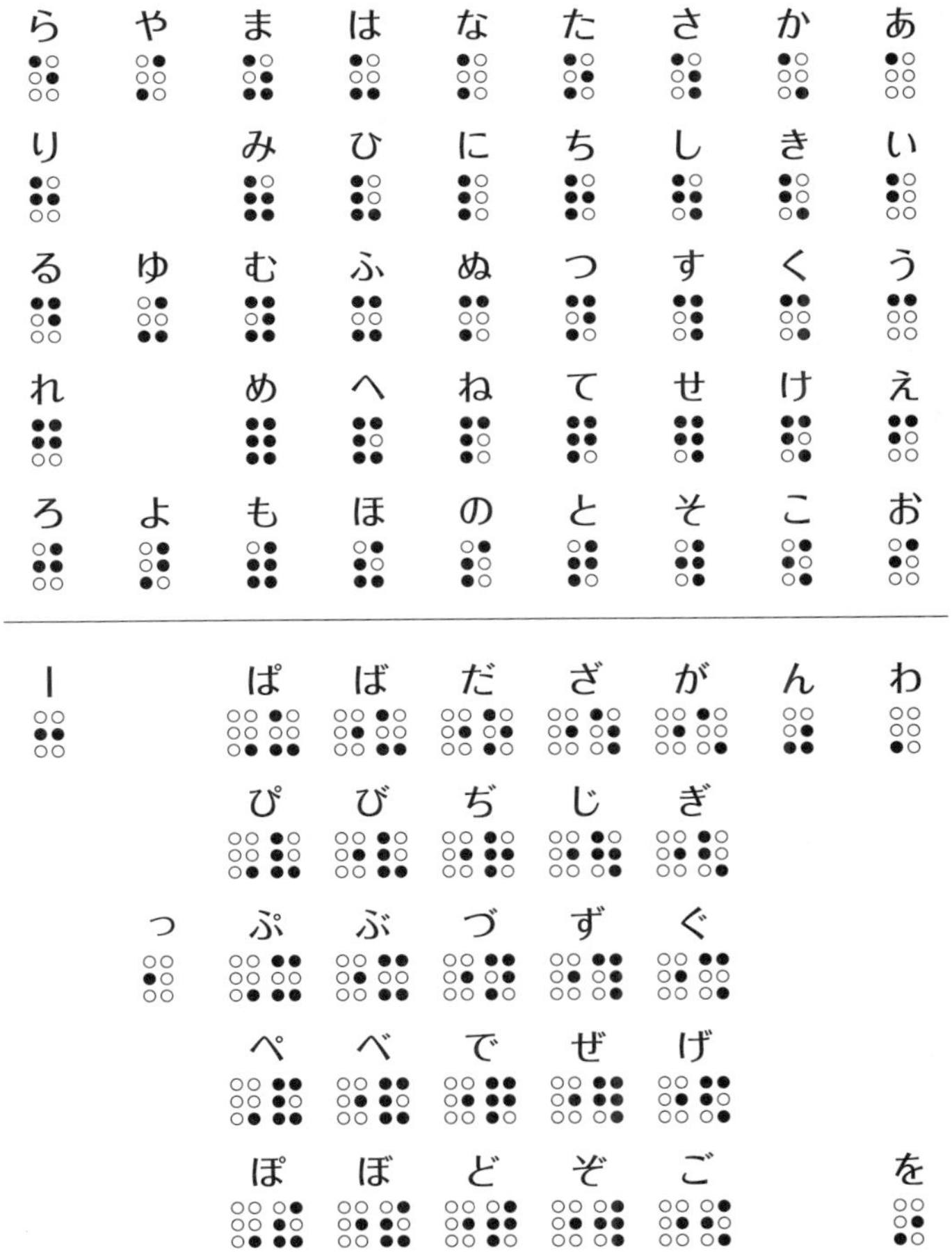
ら や ま は な た さ か あ
り み ひ に ち し き い
る ゆ む ふ ぬ つ す く う
れ め へ ね て せ け え
ろ よ も ほ の と そ こ お
ー ぱ ば だ ざ が ん わ
ぴ び ぢ じ ぎ
っ ぷ ぶ づ ず ぐ
ぺ べ で ぜ げ
ぽ ぼ ど ぞ ご を

◆手《て》旗《ばた》信号《しんごう》対応《たいおう》表◆

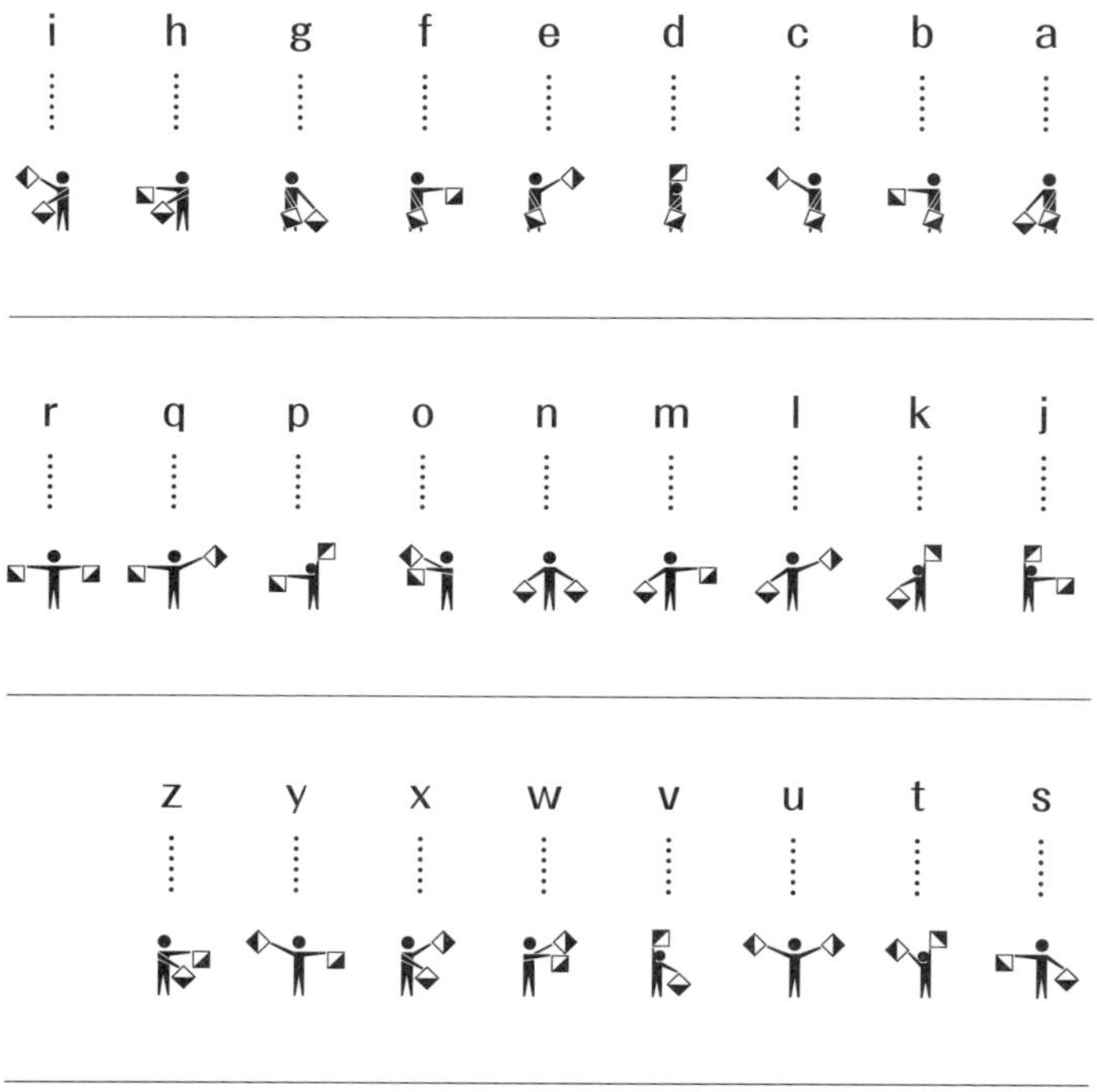

◆暗号クラブ専用《せんよう》通話表◆

ア…暗号
イ…いちょう
ウ…うさぎ
エ…英語《えいご》
オ…おりがみ
カ…かいじゅう
キ…切手
ク…クラブ
ケ…ケーキ
コ…子ども
サ…サングラス
シ…新聞

ス…すずめ
セ…世界
ソ…相談《そうだん》
タ…タップダンス
チ…中央
ツ…月夜
テ…手紙
ト…鳥かご
ナ…泣《な》き虫
ニ…人間
ヌ…ぬいぐるみ
ネ…ねずみ

ノ…野原
ハ…はがき
ヒ…飛行機《ひこうき》
フ…フルーツ
ヘ…平和
ホ…ほうき
マ…マッチ
ミ…みかん
ム…無線《むせん》
メ…メガネ
モ…モールス信号《しんごう》
ヤ…やまびこ

ユ…弓矢
ヨ…幼稚園《ようちえん》
ラ…ラジオ
リ…りんご
ル…ルビー
レ…レモン
ロ…ローマ字
ワ…ワイヤー
ヲ…ワ行のオ
ン…おしまい
ー…のばす
゛…テンテン

◆おどる人形暗号◆

m l k j i h g f e d c b a

z y x w v u t s r q p o n

◆おきかえ（LEET《リート》）暗号表◆

- M … |v|
- L … |_
- K … |<
- J … _|
- I … !
- H … #
- G … 6
- F … |=
- E … 3
- D … |)
- C … (
- B … 8
- A … 4

- Z … 2
- Y … ¥
- X … ><
- W … vv
- V … |/
- U … (_)
- T … +
- S … $
- R … 12
- Q … (,)
- P … |*
- O … ()
- N … И

◆旗《き》りゅう信号《しんごう》表◆

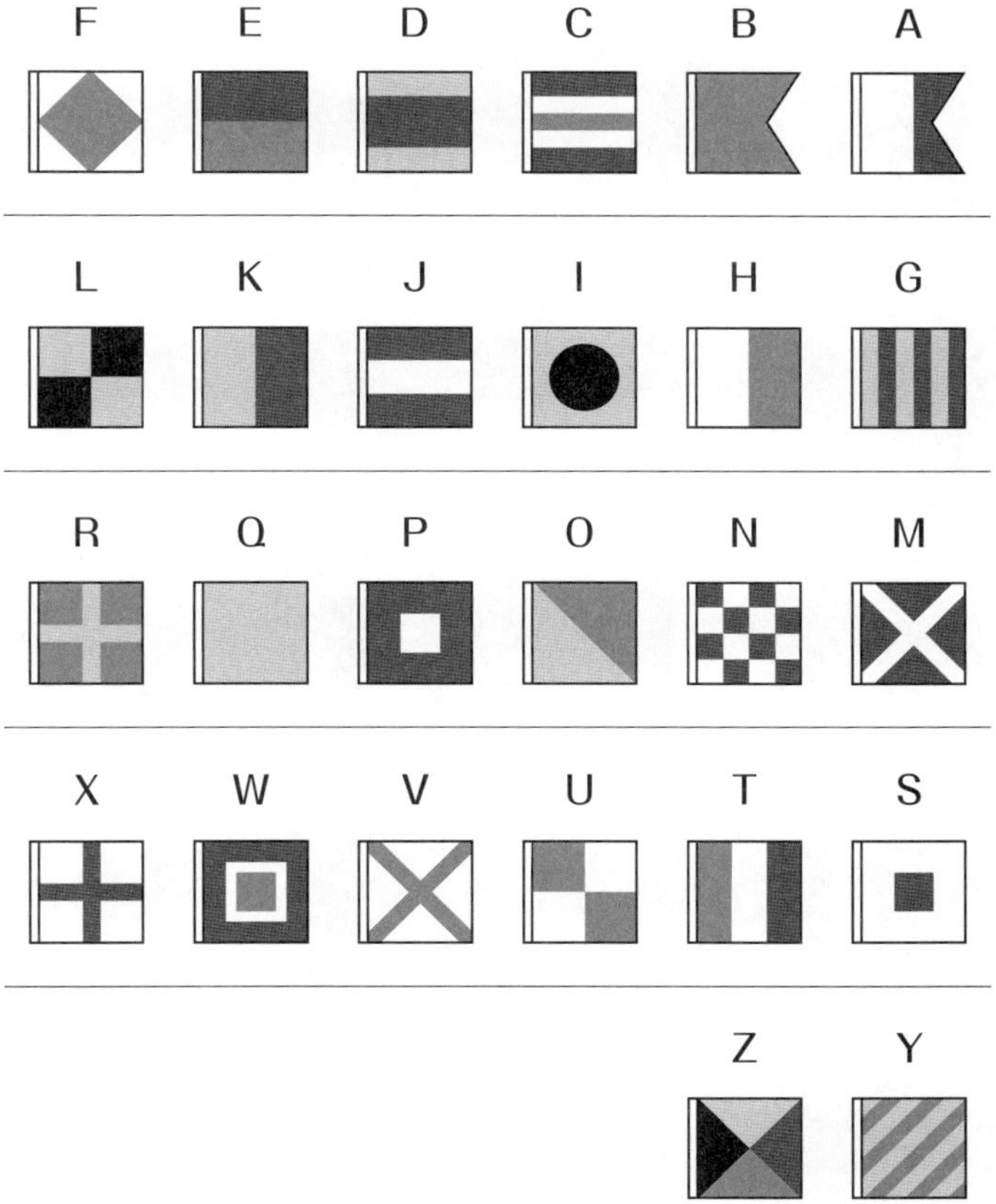

第1章

「もうすぐ日本に行けるなんて、夢《ゆめ》みたいだね！」

コーディは、ユーカリ林の中にある部室で仲間《なかま》の顔を見回し、声をはずませた。

夏休み真っただ中の八月。サンフランシスコにしてはめずらしく、焼《や》けつくように暑い午後だ。暗号クラブの五人は、そろってT《ティー》シャツにショートパンツ姿《すがた》だが、それでもやっぱり暑い。

（部室にエアコンがあればいいのになあ）

扇子《せんす》で顔をあおぎながら、コーディは思った。

エム・イーも、扇子《せんす》をパタパタさせている。五人めの暗号クラブ会員、日本人のリカが、四人に一本ずつプレゼントしてくれた物だ。コーディの扇子《せんす》には桜《さくら》の木、エム・イーの物には京都の舞妓《まいこ》さんが描《えが》かれている。

エム・イーが、扇子《せんす》をはげしく動かしながら、言った。

「旅行まで、あと一週間かあ。待ち遠しいねえ。あたし、持ってく荷物はもう、トランクにぜんぶつめてあるんだっ。日本はサンフランシスコよりずっと暑いって聞いたから、服をえらぶのがたいへんだったあ」

「オレは目下、東京の観光《かんこう》スポットを調べてるとこ。おもしろそうな場所、いろいろ見つけたぜ。巨大《きょだい》ゴジラの撮影《さつえい》スポットとかさ。ほら」

クインがスマートフォンを操作《そうさ》し、出てきた画像《がぞう》を仲間《なかま》に見せた。ゴジラの巨大《きょだい》な頭が、ビルの屋上からのぞいている。

「なあリカ。東京行ったら、これ見れるかな」

リカが笑顔《えがお》でうけあう。

「……もちろん！　それ、新宿《しんじゅく》の、映画館《えいがかん》が入ってるビルなんだって。運がよければ、ゴジラがほえたり、煙《けむり》を吐《は》いたりするところも見られるみたいよ」

クインが目をかがやかせた。怪獣《かいじゅう》ものには目がないのだ。

コーディはふと思いついて、聞いてみた。

「ねえリカ。その映画館《えいがかん》に、ゴジラのキャラクターグッズとかって売ってるかな」

ゴジラグッズなら、おジャマじゃマットへのおみやげにぴったりだと思ったのだ。

コーディたちが日本に旅行することを聞きつけてからというもの、マットは、「おれ様のためにとくべつなみやげを買ってこい」とコーディにしつこくねだってくる。あんまりしつこいので、つい、買ってくると約束《やくそく》してしまった。

(たしか、おジャマじゃマット、前にゴジラのT《ティー》シャツ着てたし)

リカがコーディを見て、うなずく。

「うん……売ってると思うよ。スマートフォンのケースとかペンとかキーホルダーとか、いろいろあるんじゃないかな」

「よかった!」

ほっとしたコーディの向かいで、クインがふたたび口を開いた。

「オレさ、電気街《でんきがい》ってところも行ってみたいんだよな。ゲームソフトやアニメ、マンガ、それにコンピュータ用品が、たくさん売られてるんだって。《NARUTO－ナルト－》とか《ONE PIECE《ワンピース》》とか、本場でいろいろチェックしたいんだ」

クインは、大のアニメ好《ず》きだ。読むだけではあき足らず、自分でもキャラクターを描《か》いて、ゲームソフトを制作《せいさく》している。ちなみに、クインじまんの自作ゲームは、『校長先生VS《バーサス》カフェテリアのスライム・モンスター』。バークレー小の校長と、給食《きゅうしょく》に出される激《げき》マズ《ライムゼリー》の戦闘《せんとう》ゲームだ。

「あ……電気街《でんきがい》っていうのは、東京の秋葉原《あきはばら》のことよね……？　すごく活気があって、海外からの観光客《かんこうきゃく》にも人気の街《まち》だって聞いたことある」

リカが言うと、エム・イーが目を見開いた。

「ね、あたしもそこ、行ってみたいっ。日本のアニメキャラってカワイイもんね。アニメじゃないけど、キティグッズも売ってるかな」

「キティちゃんなら、うちの妹のタナも大好《だいす》きなの！　タナへのおみやげは、キティグッズにしようかな」

コーディが声をはずませる。にこにこしながら、リカが聞いた。

「じゃあ……コーディが好《す》きなものは？　日本に行ったら、何がしたい？」

「なんだろう。いろんな街《まち》を歩いて見学して……あとは、そうだ、おり紙を習いたいな。かわいい箱とか、人形型《がた》のしおりとか、自分でおれるようになりたいの」

リカが、ふんふんとうなずく。

「……おり紙なら、うちのおばあちゃんが得意《とくい》だから、教えてくれると思う。わたしの幼《おさな》なじみの咲良《さくら》も、おり紙が好《す》きよ。日本に行ったら、みんなに紹介《しょうかい》するね。咲良《さくら》は、エム・イーみたいに、おしゃれが大好《だいす》きなの。もう一人の幼《おさな》なじみは悠人《はると》っていって、クインと同じ、マンガ好《ず》きなんだ」

「リカの幼《おさな》なじみに会うの、楽しみ！」

コーディのとなりで、ルークが思い出したように口を開いた。

「ところでリカ。前におれ、はしの使い方ばマスターしたいちゅうたろ？　日本に行く前に訓練《くんれん》しとこうち思うんやけえ――」

リカがうなずき、リュックサックに手をのばす。

「……ちょうどよかった。今日、みんなで練習しようと思って、割《わ》りばしを持ってきたの」

「よっしゃあ！」

ルークがガッツポーズをしたのがおかしくて、コーディは思わず、笑《わら》ってしまった。

「ルークったら、気合入りすぎ！」

リカは、四人に割《わ》りばしを一ぜんずつ配った。

「クインはおはしの持ち方、知ってると思うけど……」

「ああ。オレはリカといっしょに、お手本を見せることにするよ」

クインが言った。クインの両親は中国系《けい》アメリカ人なので、ほぼ毎日、はしを使って食事をしているのだ。

さっそくリカとクインが、はしをにぎり、ゆっくりと動かしてみせた。ルーク、コーディ、エム・イーの三人は、見よう見まねで、ぎこちなくはしを動かす。

「うん……いい感じ。じゃあ、これがお寿司《すし》だと思ってはさんでみて」

リカが、ペンケースから消しゴムを取り出し、床《ゆか》に置《お》いた。生徒《せいと》の三人が、順番《じゅんばん》に消しゴムをはしでつまみ上げる。コーディは一度めで、エム・イーは二度めで成功《せいこう》したが、ルークは四度めも失敗《しっぱい》し、がくりと頭をたれた。

「ダメや。繊細《せんさい》なはし使いは、おれには向いとらんのかもしれん。どっちかゆうたら、

おれはダイナミックな男やけえ」

「なあに言ってんのっ。その割《わ》りばし持って帰って、家で特訓《とっくん》しなよ！」

エム・イーが、きびしいツッコミを入れる。

「ふふふ……。今夜までに練習しておいたほうがいいかも……？」

リカが笑《わら》って言う。コーディは、首をかしげた。

「どうして『今夜までに』なの？」

「それは……今夜、みんなを夕食に招待《しょうたい》したいから。みんなの家族には、もううちのお母さんが話をしてあるんだって。和食だから、できたら、おはしを使って食べてみてほしいの」

「わーい！」

「ありがと、リカ！」

四人は、口々に歓声《かんせい》をあげた。

コーディは、急にそわそわしてきた。パパやママがいっしょではなく、自分だけがディナーに招待《しょうたい》されるのは、はじめてなのだ。

(なんだか、大人《おとな》になった気分!)

それに、日本へ行く前に、日本の文化や習慣《しゅうかん》を予習するチャンスでもある。

うきうきしてきたコーディの横で、エム・イーが少し不安《ふあん》そうな声を出した。

「リカ、質問《しつもん》なんだけどさっ。日本人は、ごはんもおはしで食べるでしょ? でも、あたしがやろうとすると、とちゅうでこぼれ落ちちゃうんだよね。どうすればいいの?」

「あ、それ、わたしも同じ! みそ汁《しる》の具も、おはしではさもうとすると、つるつるすべって、永遠《えいえん》に口の中に入らないの」

コーディもこまり顔で言うと、リカが笑《わら》った。

「あのね……ごはんやみそ汁《しる》の茶わんは、口の近くまで持ち上げて食べていいんだよ」

「ほんとに? アメリカでは、食器《しょっき》を持ち上げるのはマナー違反《いはん》になるけど、日本ではOK《オーケー》なんだね」

「うん……日本では、お茶わんを置《お》いて食べるほうが、マナー違反《いはん》なの」

「おもしろーい。カルチャー・ギャップってやつだね」

コーディたちは、感心してうなずいた。

「あの……ところでもう一つ、みんなにわたしたい物があるんだけど」

リカはリュックサックに手をのばすと、今度は筒状《つつじょう》に丸めた四枚《まい》の画用紙を引っぱり出した。

「なあに、これ？」

コーディたちは、一枚《まい》ずつ配られた画用紙を広げてみた。表には白い薄紙《うすがみ》が張《は》ってあり、その上に筆で日本語が書いてある。

力強い筆づかいに見とれながら、コーディがたずねる。

「これ、なんて書いてあるの？」

「……みんなの名前を、漢字で書いてみたんだ。音《おん》を当てはめただけだから、意味はめちゃくちゃなんだけど……」

そう言って、リカは薄紙《うすがみ》に書いた名前を、それぞれ読み上げてくれた。

好出入（コーデイ）

久印（クイン）
絵武衣井（エム・イー）
留右久（ルーク）

ルークが目をぱちくりさせながら、言う。

「おれの名前、漢字で書いたらこんなにむずかしいんか!?」

エム・イーとコーディは、歓声《かんせい》をあげた。

「あたしの名前の漢字、複雑《ふくざつ》でチョーかっこいいっ！」

「これ、勉強部屋にかざろうっと！」

クインは自分の名前をながめながら、しみじみとつぶやいた。

「これ、リカが書いたのか？　すごく上手だな」

リカがほおをピンク色にして、うれしそうにクインを見る。

「ありがとう……！　じつは、みんなの名前に関《かん》することで、提案《ていあん》があるんだけど」

リカは、封筒型《ふうとうがた》におったおり紙を、四人に一枚《まい》ずつ手わたしながら、言った。

「日本旅行を記念《きねん》して、各自《かくじ》が忍者《にんじゃ》のコードネームを持っていうのはどうかな。きのう、有名な忍者《にんじゃ》の名前を調べて、こんなのを作ってみたの」

リカがノートを開き、暗号表を見せる。

「みんなの名前の、最初《さいしょ》のアルファベットに当たるところを見て。コーディはC《シー》だから、服部半蔵《はっとりはんぞう》、エム・イーはM《エム》で猿飛佐助《さるとびさすけ》、クインはQ《キュー》の風魔小太郎《ふうまこたろう》で、ルークはL《エル》の百地丹波《ももちたんば》、わたしはR《アール》の霧隠才蔵《きりがくれさいぞう》」

エム・イーが、おり紙の内側《うちがわ》に書かれた名前を、満足《まんぞく》そうに読み返す。

「ふうん、あたしは佐助《さすけ》かあっ」

クインが目をかがやかせて聞いた。

「リカ。この暗号表にのってるのって、みんな本物の忍者《にんじゃ》なのか？」

リカは、ちょっと自信《じしん》がなさそうな顔で、首をかしげた。

「……たしか、半分以上《いじょう》は実在《じつざい》の忍者《にんじゃ》だったと思う。あとの半分は、有名《ゆうめい》な伝説《でんせつ》や物語に出てくる、架空《かくう》の忍者《にんじゃ》だけど」

五人はひとしきり忍者名《にんじゃめい》を呼《よ》びあい、それぞれの新しいコードネームを暗記した。

◆忍者暗号《にんじゃあんごう》◆

A……根津《ねず》 甚八《じんぱち》
B……穴山《あなやま》 小助《こすけ》
C……服部《はっとり》 半蔵《はんぞう》
D……中根《なかね》 正盛《まさもり》
E……筧《かけい》 十蔵《じゅうぞう》
F……石川《いしかわ》 五右衛門《ごえもん》
G……青山《あおやま》 虎之助《とらのすけ》
H……三好《みよし》 清海《せいかい》
I……間宮《まみや》 林蔵《りんぞう》

J……海野《うんの》 六郎《ろくろう》
K……高坂《こうさか》 甚内《じんない》
L……百地《ももち》 丹波《たんば》
M……猿飛《さるとび》 佐助《さすけ》
N……由利《ゆり》 鎌之助《かまのすけ》
O……伴《とも》 長信《ながのぶ》
P……柳生《やぎゅう》 宗矩《むねのり》
Q……風魔《ふうま》 小太郎《こたろう》
R……霧隠《きりがくれ》 才蔵《さいぞう》

S……小笠原《おがさわら》 幻夜斎《げんやさい》
T……果心居士《かしんこじ》
U……山本《やまもと》 勘助《かんすけ》
V……加藤《かとう》 段蔵《だんぞう》
W……望月《もちづき》 六平太《ろっぺいた》
X……藤林《ふじばやし》 長門守《ながとのかみ》
Y……唐沢《からさわ》 玄蕃《げんば》
Z……篠山《ささやま》 理兵衛《りへえ》

ポロン♪

ふいに、コーディのスマートフォンが鳴った。数秒後にクイン、ルーク、エム・イー、リカのスマートフォンも、つづけて音をたてる。コーディはスマートフォンの画面を見ながら、あれっと思った。

「だれかが、モールス信号《しんごう》でショートメッセージを送ってきたよ」

「オレんとこにもだ」

クインが言う。ほかの三人も、各自《かくじ》のスマートフォンを見ながらうなずいた。

「なんだろう……へんな絵文字がついてる」

リカがつぶやく。

「あたしのもだよっ」とエム・イー。

差出人《さしだしにん》の番号は、見たことのないものだ。コーディは、画面をスクロールした。一行ごとに、きみょうな絵文字がついている。

最後《さいご》の行は、署名《しょめい》代わりに、侍《さむらい》と幽霊《ゆうれい》の絵文字がならんでいた。

－・－・／－－・－・／・・／－－／・・－／－－・－・／・・／－－／・・－／ 
－・・－／－－／－・－－－／－・・・／・・／
－・－・／・・－・・／・・／・・－・・ 
・－・－－／・・／・・・／－－－／・－・／・－／ 

  より

コーディはモールス信号《しんごう》を解読《かいどく》し、声に出して読み上げた。五人で顔を見あわせる。

（答えは解答編《かいとうへん》236ページ）

「なんで、全員に同じメッセージが送られて来たんだろうねっ」

エム・イーが、みけんにしわをよせる。リカが考え考え、つぶやいた。

「五・七・五。これ……俳句《はいく》みたいだよね……？」

「たぶん。意味わかんないけどねっ」

「そもそも、《二条城《にじょうじょう》》ってどこにあるんだ？　お城《しろ》ってことはわかるけど」

「絵文字も意味不明《ふめい》やしなあ」

エム・イー、クイン、ルークが、口々に言う。

まゆ根《ね》にしわをよせて考えつづけているリカに、コーディはたずねた。

「どうかしたの、リカ?」

「うん……日本に行ったら、東京観光《かんこう》のあと、京都に移動《いどう》する予定なんだけどね……京都に行ったらまず、二条城《にじょうじょう》を見に行こうって、お母さんが言ってたの。このメッセージの差出人《さしだしにん》は、それを知ってるだれかってことよね」

「そうみたいだね。何かの警告《けいこく》なのかなあ」

メッセージの絵文字を見つめ、コーディが言う。

クインが腕組《うでぐ》みしながら、口を開いた。

「署名代《しょめいが》わりの二つの絵文字、これはどういう意味なんだろ。リカ、わかるか?」

リカは少しためらってから、うなずいた。

「何なにっ?」

エム・イーが、身を乗り出してリカを見る。

リカは、少し青ざめた顔で、つぶやいた。

「……侍《さむらい》の……幽霊《ゆうれい》……?」

第2章

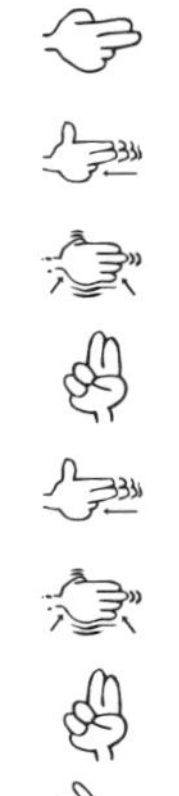

「差出人《さしだしにん》は、侍《さむらい》の幽霊《ゆうれい》、か。いったい何者なんだろう」

コーディは、仲間《なかま》の顔を見た。

ルークが、メッセージを見返しながら言う。

「おれたちのケータイ番号を知っとるやっちゅうことは、たしかやな」

「それと……わたしたちが日本に行くことを知っている人だよね」

リカの言葉を聞いたエム・イーが、パチンと手をたたいた。

「おジャマじゃマットじゃんっ？」

クインが肩《かた》をすくめる。

「かもな。ま、ほっとけばいいよ。あいつがどれだけジャマしたくても、日本まではついてこれないだろうし」

どうやらクインは、ぜんぜん気にしていないみたいだ。

ルークが話を変《か》え、質問《しつもん》した。

「なあリカ。二条城《にじょうじょう》って、本物の城《しろ》なん？」

リカがうなずく。

「うん……本物のお城《しろ》だよ。うちのお母さん、昔、二条城《にじょうじょう》でガイドのアルバイトをしてたんだって。だから、みんなの案内役《あんないやく》をつとめるって言って、張《は》り切《き》ってるの。新幹線《しんかんせん》で京都に行ったら、親せきの家に何泊《なんぱく》かとめてもらうことになってるみたい」

ルークは、うれしそうにガッツポーズした。

「おれ、城《しろ》ば見るんははじめてや！」

「わたしも。アメリカにはないもんね」とコーディ。

すると、エム・イーが得意《とくい》そうに言った。

「ディズニーランドの《眠《ねむ》れる森の美女》のお城《しろ》なら、あたし見たことあるよっ」

「エム・イー。一応《いちおう》つっこんどくけど、それ、本物じゃないから」

クインは苦笑《にがわら》いして言うと、リカに聞いた。

「二条城《にじょうじょう》って、どんなお城《しろ》なの？」

リカはさっそくスマートフォンに検索《けんさく》ワードを打ちこみ、二条城《にじょうじょう》の画像《がぞう》を見せた。

高い石垣《いしがき》とお堀《ほり》、木々にかこまれた白壁《しらかべ》。歴史《れきし》を感じさせる、木造《もくぞう》の屋敷《やしき》。

コーディは、目を見張《みは》った。

「わあ、侍《さむらい》が出てきそうな雰囲気《ふんいき》！　かっこいい！」

リカが説明《せつめい》を始める。

「……昔の日本にはね、お城《しろ》が百八十くらいあったといわれているの。そのうち今もまだのこってるのは、十二くらいなんだって」

「百八十もあったんだっ」

エム・イーが目を丸くする。リカは、うなずきながら言った。

「……二条城《にじょうじょう》は、あとになって再建《さいけん》されたものなんだけど、とっても有名なお城《しろ》なの。江戸幕府《えどばくふ》を築《きず》いた徳川《とくがわ》の将軍《しょうぐん》が、十六世紀《せいき》に建《た》てた物だから――」

「ショーグンって、何っ？」

エム・イーが聞く。

リカはふたたびスマートフォンで検索《けんさく》をかけ、仲間《なかま》たちに見えるように画面を差《さ》し出《だ》した。画面には、細長い帽子《ぼうし》をかぶり、黒っぽい着物を着て、右手に閉《と》じた扇《おうぎ》のような物を持った男の人の絵が映《うつ》っている。

「……軍隊《ぐんたい》の大将《たいしょう》のことを、日本では将軍《しょうぐん》と呼《よ》ぶの。昔の日本では、この将軍《しょうぐん》が、政《せい》治《じ》を動かす権力者《けんりょくしゃ》だったの」

エム・イーが首をかしげる。

「ふうん……わかったような、わかんないような。ね、将軍《しょうぐん》と侍《さむらい》と忍者《にんじゃ》って、どういう関係《かんけい》があるのっ?」

リカは笑《わら》って肩《かた》をすくめた。

「それは……わたしじゃうまく説明《せつめい》できないから、今夜、うちのおじいちゃんに聞いてみて。おじいちゃんは、日本史《にほんし》にすごくくわしいから」

エム・イーがうなずく。

と、クインが言った。

「ところで、二条城《にじょうじょう》にはお堀《ほり》もあるんだな」

「うん……敵《てき》にかんたんに攻《せ》めこまれないように、外堀《そとぼり》と内堀《うちぼり》で守られているの。秘《ひ》密《みつ》の地下道が掘《ほ》られてるっていう伝説《でんせつ》もあるんだって。本当かどうかはわからないけど……」

「おお、すげえ」

クインが興奮《こうふん》で目をかがやかせる。リカが、説明《せつめい》をつづける。

「……将軍《しょうぐん》の住居《じゅうきょ》だった二条城《にじょうじょう》は、権力《けんりょく》を見せつけるため、とても豪華《ごうか》に造《つく》られているの。御殿《ごてん》の一番奥《おく》に将軍《しょうぐん》の部屋があって、そこには、えらばれた人しか入ることがゆるされなかったんだって。お城《しろ》の廊下《ろうか》にはとくべつなしかけがしてあって、敵《てき》や忍者《にんじゃ》が入ったら、すぐにわかるようになっていたらしいよ」

「しかけって、どんな?」

クインが聞くと、リカがちょっと首をかしげて、にっこりした。

「それは……行ってからのお楽しみ」

(おもしろそう!　なんだか今日のリカ、スタッド先生みたい。社会の授業《じゅぎょう》が、いつもこんなに楽しかったらいいのになあ)

コーディは思った。

となりでエム・イーが、いつになくえんりょがちに口を開く。

「あ、あのさっ、リカ。あたし、二条城《にじょうじょう》にはすっごく興味《きょうみ》あるんだけど、じっさい行くとなると、ちょっとこわいんだよね。だって、お城《しろ》には幽霊《ゆうれい》がつきものじゃないっ？　それに、通路とか廊下《ろうか》がたくさんあって、迷子《まいご》になっちゃいそうだし……」

コーディは、さっき受け取った、きみょうなメッセージのことを思い出した。

（メッセージには、二条城《にじょうじょう》で迷子《まいご》になるとかなんとか、書いてあったよね。それに、幽霊《ゆうれい》の絵文字もついてた……。これって、ぐうぜん？）

リカが目をふせる。

「……たしかに日本には、幽霊《ゆうれい》が出るとか、たたりにあうとかいう伝説《でんせつ》がのこるお城《しろ》もあったと思うけど……。二条城《にじょうじょう》はどうだったかな」

クインが笑《わら》って、エム・イーを見る。

「だいじょうぶだって、エム・イー。幽霊《ゆうれい》が出そうな建物《たてもの》なら、今までだって何回も行ったけど、結局、一度も出なかったじゃん」

「まあ、そうなんだけどさっ。クモもいないといいな」

エム・イーが、口の中でぶつぶつ言う。エム・イーは暗号クラブ一のこわがりで、幽霊《ゆうれい》と同じくらい、クモとヘビが苦手《にがて》なのだ。

（お城《しろ》の見学中に、エム・イーがパニックを起こしたりしませんように！）

コーディが心の中でいのったとき――

ピピッ。

ポケットの中のスマートフォンが鳴った。帰宅《きたく》時間をつげるアラームだ。いつもは部室を出るのがなごりおしいコーディだけれど、今日は大急ぎで立ち上がった。

（早く帰って、リカの家に行くしたくをしなくっちゃ！）

暗号クラブの五人は荷物をまとめ、部室をあとにした。ユーカリ林の丘《おか》を下《くだ》り、自然《しぜん》公園を出て住宅地《じゅうたくち》に入る。

仲間《なかま》に手をふって別《わか》れたあと、コーディが玄関《げんかん》のチャイムを押《お》すと、妹のタナが笑顔《えがお》で出むかえてくれた。

タナはコーディの顔を見るなり、左手を耳に当てた。手話で「聞いて」という意味だ。タナは生まれつき耳が聞こえないので、手話と指文字を使って会話をする。

「どうしたの？」

コーディは左手の人差《ひとさ》し指を立て、左右にふった。

タナがキッチンに走っていき、小さなつつみを持ってもどってきた。キティ柄《がら》のかわいいラッピングペーパーには、黒いマーカーで、「おねえちゃんへ」と書いてある。

（答えは解答編《かいとうへん》２３６〜２３７ページ）

タナが、はちきれんばかりの笑顔《えがお》でうなずく。

コーディは、タナからプレゼントを受け取ると、笑顔《えがお》を返した。やぶらないように、ていねいに開ける。

（ひょっとして、中身もキティちゃんグッズかな？）

開けてみると、予想とちがい、中に入っていたのは、招《まね》き猫《ねこ》の小さなぬいぐるみだった。三毛猫《みけねこ》で、首に赤い首輪《くびわ》がついていて、片手《かたて》を上にあげたポーズが愛《あい》らしい。

「わあ、かわいい！」

コーディは歓声《かんせい》をあげ、ぬいぐるみをだきしめた。以前《いぜん》、リカの家族に招《まね》き猫《ねこ》のキーホルダーをもらって以来《いらい》、タナとコーディは招《まね》き猫《ねこ》がお気に入りなのだ。

タナが指文字で言う。

コーディは指文字で返事をすると、タナをぎゅっとハグした。
そのとき、ママがキッチンから顔を出した。タオルで手をふきながら、きびしい声で聞く。

「コーディ！　タケダさんのおたくにうかがう準備《じゅんび》はできてるの？　汗《あせ》をかいたんだから、シャワーを浴《あ》びてから、着がえなさい」

「あ、そうだった。急がなきゃ！」

コーディは二階にかけ上がると、シャワーを浴《あ》びて汗《あせ》を流した。ディナーにまねかれるのって、わくわくするけれど、緊張《きんちょう》もする。

（リカの家で、うっかり失礼《しつれい》なことをしないように気をつけなくちゃ。日本旅行でも、たっぷりお世話になるんだもんね）

コーディは、いつもよりおしゃれしていくことにした。水色のブラウスに青いひざたけのスカートを合わせ、黒いサンダルをはく。髪《かみ》の毛をとかしてから、ママとタナがいる一階に下りていった。二人はもう、早めの夕食のテーブルについている。

顔を上げたママとタナに、コーディは声をかけた。

「準備《じゅんび》できたよ！」

「あら、とってもすてきじゃない！」

タナにも意味がわかるように、ママが手話をそえて言う。それから、赤い紙ぶくろをコーディに差《さ》し出《だ》した。

「はい、これ持っていって」

「なあに、それ?」

「おまねきを受けたら、手みやげを持っていくものよ。ギラデリのチョコレートのつめあわせ。チョコレートなら、みんな好《す》きだから」

「ありがとう! ママ」

コーディはママにハグしてから、紙ぶくろを受け取った。

家を出て、歩いて十分ほどはなれたリカの家に向かう。玄関《げんかん》ポーチの階段《かいだん》を上って呼《よ》び鈴《りん》を押《お》そうとしたとき、スマートフォンが鳴った。

(またメッセージ? ひょっとして、さっきとどいたあやしい暗号のつづきだったりして……)

スマートフォンをバッグから取り出し、画面を見る。とたんに、コーディは顔をくもらせた。

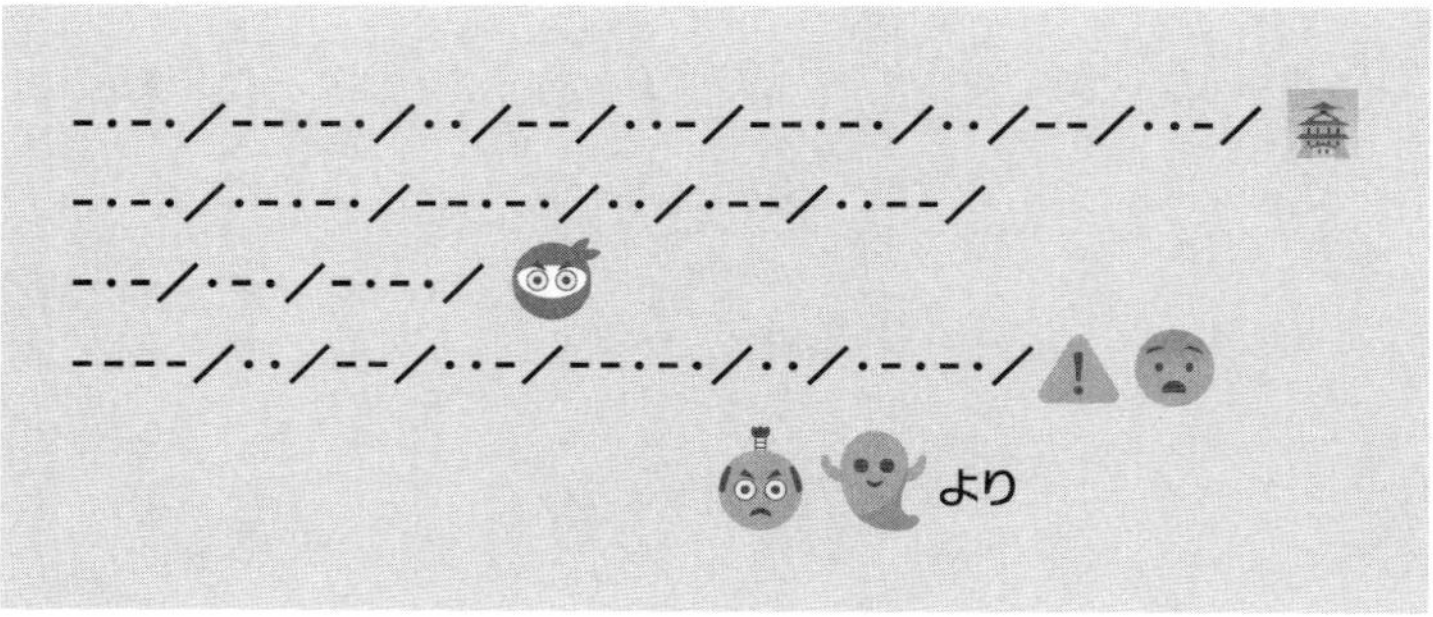

やっぱり、あやしい暗号メッセージのつづきだった。今度もモールス信号《しんごう》で書かれていて、変《か》わった絵文字がついている。

（答えは解答編《かいとうへん》237ページ）

解読《かいどく》したとたん、コーディは、背《せ》すじがすっと寒くなった。

（どうしよう。ますます気味が悪くなってきた……）

ふるえる手でリカの家のドアをノックすると、すぐにドアが開き、うかない顔をしたリカが玄関《げんかん》から顔を出した。

（ん？　もしかして、この顔は……）

リカは、手にしていたスマートフォンをかかげ、コーディに差《さ》し出《だ》した。

「……へんなメッセージが、またとどいたの」

第3章

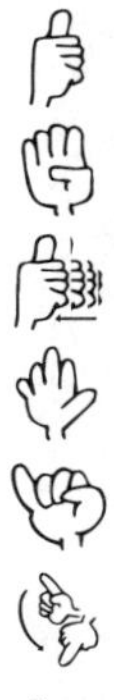

コーディが口を開きかけたとき、後ろからリカの両親が顔をのぞかせた。

「コーディ、いらっしゃい」

リカのお母さんが、笑顔《えがお》で言った。

白と黒のチェックのブラウスに、細身のロングスカートをはいている。リカのお母さんのことは、コーディはすでによく知っている。学校の社会科見学でワシントンDC《ディー・シー》に行ったとき、コーディたちのグループにつきそってくれたからだ。

「こんばんは、タケダさん」

「よく来たね、コーディ」

リカのお父さんが、にこやかに返してくれた。リカのお父さんに会うのは、はじめてだ。お父さんは、会社から帰ったばかりらしく、黒いスーツ姿《すがた》だ。眼鏡をかけていて、とてもやさしそうな人だ。

二人ともとてもきちんとした服装《ふくそう》なので、いつものショートパンツで来なくてよかったと、コーディは思った。

リカに教わったとおり、日本式におじぎをしてから、手みやげの紙ぶくろを、リカのお母さんに差《さ》し出《だ》す。

「おまねき、ありがとうございます。これ、うちのママからです」

「まあ、お気づかいをどうもありがとう」

リカのお母さんは、紙ぶくろを両手で受け取り、コーディを玄関《げんかん》にまねき入れた。

「靴《くつ》は、ここでぬいでね」

リカが、スリッパを出してすすめる。

(そうそう、日本では、玄関《げんかん》で靴《くつ》をぬぐんだよね)

コーディがスリッパにはきかえると、リカのお母さんが言った。

「もうすぐ夕ごはんができるから、みんなが来るまで、リビングで待っていてね。わたしたちはキッチンで料理《りょうり》の準備《じゅんび》をしているわ」

リカはさっそく、コーディをリビングに案内した。

「わあっ！」

広い部屋に入るなり、コーディは思わず声をあげた。奥《おく》のソファとテレビが置《お》かれているところに、畳《たたみ》がしいてあるのだ。畳《たたみ》には平べったいクッションと低《ひく》いテーブルが置《お》かれ、壁《かべ》ぎわの棚《たな》の上には、小さな盆栽《ぼんさい》がのっている。壁《かべ》には、黒一色で神秘的《しんぴてき》な景色《けしき》が描《えが》かれた掛《か》け軸《じく》がかかっている。

「ここだけ、日本だ！」

コーディの感想を聞いたリカは、はずかしそうに言った。

「お父さんが、畳《たたみ》がないと落ち着かないって言って、畳《たたみ》マットを買ってきたの。海外に住んでいる日本人でも、こういう部屋を造《つく》ってる人は少ないと思う……」

「ええっ、すごくいいじゃん！　わたし、畳《たたみ》の上のクッションにすわりたいな」

リカは畳《たたみ》のところまでコーディを連《つ》れていくと、スリッパをぬぐよう、うながした。

「畳《たたみ》の上では、スリッパははかないの……。あ、あとね……この平べったいクッションは、ザブトンっていうのよ」

「へえ、ザブトンかあ」

コーディは、ざぶとんの上にすわってみた。足をどうしたらいいかわからなくて、横ずわりになってしまった。リカはとなりのざぶとんに正座《せいざ》ですわると、ポケットからスマートフォンを取り出した。コーディも、自分のスマートフォンを出す。

「リカも、メッセージ受け取ったんだね」

リカが、コクリとうなずく。

「なんて書いてあった？」

二人はスマートフォンの画面を見せあった。モールス信号《しんごう》も絵文字も、まったく同じ内容《ないよう》だ。

玄関《げんかん》のベルが鳴り、リカが急いでドアを開けにいった。クインだった。すぐにほかの二人もやってきて、数分のうちに、暗号クラブの五人がリビングに集合した。全員、スマートフォンを手に、うかない顔をしている。きみょうなメッセージは、暗号クラブ全員にとどいていたのだ。

エム・イーが、顔をしかめて言う。

「いったいどういうことなんだろっ」

「やっぱり……おジャマじゃマットのしわざなのかな……？」

そうつぶやいたリカに、コーディは肩《かた》をすくめてみせた。

「たしかにマットは、『おまえらだけ日本旅行に行くのはズルい』って、さんざん文《もん》句《く》言ってたけど……。でもこの暗号、これまでにマットが送ってきたものとは、ずいぶんレベルがちがう気がするのよね。そもそもマットに、俳句調《はいくちょう》のメッセージなんて書けると思う？」

全員が、きっぱり首を横にふる。

エム・イーが、指をパチンと鳴らした。

「もしかしたら、デヴが手伝《てつだ》ったのかもよっ？　マットとデヴ、科学研究コンテストが終わったあとに、クラブ結成宣言《けっせいせんげん》してたじゃん？　頭のいいデヴだったら、俳句《はいく》調《ちょう》のメッセージなんてすらすら書けるよ、きっと」

クインが、スマートフォンの画面をにらんで言う。

「かりに犯人《はんにん》がマットとデヴだとして……このメッセージは、どういう意味なんだ？」

「おれたちのこと、こわがらせようとしとるだけやないか？　まああいつらが何たくらんでたって、こわくもなんともないけえな」

ルークの言葉に、エム・イーが反論《はんろん》した。

「あたしはじゅうぶんこわいよっ。ねえリカ、その二条城《にじょうじょう》ってお城《しろ》、心霊《しんれい》スポットじゃないんだよね？」

リカはエム・イーの肩《かた》に手を置《お》き、言った。

「安心して……ぜったい、安全だから。二条城《にじょうじょう》のことをよく知っている、うちのお母さんがいっしょなんだもの。それに二条城《にじょうじょう》は、毎日大勢《おおぜい》の観光客《かんこうきゃく》が訪《おとず》れる、にぎやかな場所なの。そんなところで何かが起こるはずないと思う」

「そっか。そうだよねっ」

エム・イーは、ほっとした顔を見せた。そのとき、リビングの戸口に、リカのお母さんが現《あらわ》れた。

「みんな、お待たせ。夕食の準備《じゅんび》ができたわよ」

「はい！」

五人は口々に元気な声で返事をすると、立ち上がり、ダイニングルームに移動《いどう》した。

それぞれが席《せき》についたあと、リカのお母さんが、おじいさんとおばあさんを紹介《しょうかい》してくれた。二人とも、日本から遊びに来て、しばらくのあいだ滞在《たいざい》しているのだという。暗号クラブが日本に行くときに、いっしょに東京に帰る予定なんだそうだ。

リカのおじいさんは紺色《こんいろ》の着物、おばあさんは、上品な淡《あわ》い黄色の着物を着ている。

二人はおだやかな笑顔《えがお》をうかべて、言った。

「リカと友だちになってくれて、みんな、ありがとう」

「ちょっと内気な子だから、心配していたのよ」

コーディは、二人が聞き取りやすいよう、ゆっくり話した。

「リカは、やさしくて、物知りで、とってもいい子です！」

ふと横を見ると、リカが顔をまっ赤にして、うつむいている。

コーディは、エム・イーと顔を見あわせて、ふふふと笑《わら》った。照《て》れているリカが、とてもかわいいと思ったのだ。

「きみたち、飲み物は何がいいかな？　オレンジジュース、コーラ、麦茶《むぎちゃ》があるよ」

コーディたちは、リカが和食に合うと教えてくれた、麦茶《むぎちゃ》をえらんだ。リカのお父さんが、一人ひとりのコップに、麦茶《むぎちゃ》をついでくれる。そのあいだに、リカのお母さんが、おいしそうな料理《りょうり》をつぎつぎとテーブルに運んできた。巻寿司《まきずし》に天ぷら、からあげ、サラダ、豆腐《とうふ》の味噌汁《みそしる》……すごいごちそうだ。

部室で特訓《とっくん》したおかげで、コーディたちはリカのお母さんが用意してくれたフォークやスプーンを使わずに、なんとかはしを使いこなした。くずれやすい豆腐《とうふ》も、味噌《みそ》汁《しる》のお椀《わん》を持ち上げ、落とさず口まで運んだ。

食事をしながら、リカのお父さんとお母さんは代《か》わるがわる、タケダ家の歴史《れきし》を話してくれた。

リカのひいおじいさんとおばあさんが、結婚《けっこん》したばかりのころアメリカに移住《いじゅう》し、入国審査局《しんさきょく》のあったエンジェル島に数週間とめ置《お》かれたことは、すでにコーディたちは知っている。島にいるあいだ、ひいおじいさんは、はなればなれに勾留《こうりゅう》されていた奥《おく》さんに見つけてもらうよう、建物《たてもの》の中のある場所に、プレゼントを入れた小箱をかくした。でも、その小箱は結局見つけられることなく、そのままになっていた。暗号クラブは、社会科見学でエンジェル島に行ったとき、力を合わせて暗号を解《と》き、小箱を発見したのだ。

(危険《きけん》な場面もあったけど、ワクワクする冒険《ぼうけん》だったなあ……)

コーディがしみじみと思い返していると、リカのお母さんが言った。

「エンジェル島から解放《かいほう》されたあと、ひいおじいさんたちは、サンフランシスコでくらしたのよ。でも、第二次世界大戦《だいにじせかいたいせん》が始まると、ほかの日系移民《にっけいいみん》たちといっしょに、マンザナーという強制収容所《きょうせいしゅうようじょ》に連《つ》れていかれたの」

エム・イーが、口をへの字にして聞く。

「どうしてですかっ？　ふつうの人たちなんでしょう？」

となりの席《せき》のルークが、悲しそうな顔になって、天井《てんじょう》を見上げた。

「パイク先生が、少しだけ話しとったなあ。アメリカ政府《せいふ》は、日系移民《にっけいいみん》が国家の機密《きみつ》情報《じょうほう》を日本側《がわ》にもらすんやないかち、おそれとったとかなんとか……」

リカのお母さんがうなずく。

「そう、そのとおりよ。ひいおじいさんは急いで店をたたみ、住んでいた場所を立ちのかなければならなかったの」

「そんなの、ひどすぎるっ！」

エム・イーが、いきどおって言う。

つづきは、お父さんが話した。

「ひいおじいさんたちは、砂《さ》ばくのただなかにある収容所《しゅうようじょ》で、たいへんな苦労《くろう》をしたそうだよ。じつは、リカのおばあちゃんは、マンザナー収容所《しゅうようじょ》で生まれたんだ」

おばあさんが、コクリとうなずく。リカのお母さんが、おばあさんを見つめながら、口を開いた。

「おばあちゃんはね、収容所《しゅうようじょ》のことについて、あまり話したがらないの。終戦後《しゅうせんご》、ひいおじいさんの一家は日本にもどって、その後、アメリカに帰ることはなかったわ」

食卓《しょくたく》は、しんと静《しず》まり返《かえ》った。当時のタケダ一家の気持ちを思うと、コーディは胸《むね》が苦《くる》しくなった。

（リカのおばあさんにとっては、思い出したくない、つらい思い出なんだろうな……）

そのとき、空気を変《か》えようと思ったのか、リカのお父さんが、ふいに明るい声を出した。

「ところでみんな、旅行に行く前に、日本について知っておきたいことはあるかな?」

コーディたちはほっとして、顔を上げた。聞いておきたいことは、山ほどある。

最初《さいしょ》の質問《しつもん》を投げかけたのは、クインだ。

「じゃあ、さっそく質問《しつもん》です。こっちに住んでて、なつかしいなって思う日本の物って、なんですか?」

リカのお父さんはちょっと考えこんでから、笑《わら》って答えた。

「そうだなあ、自動販売機《はんばいき》かな。日本には自動販売機《はんばいき》がいたるところにあって、夏は冷《つめ》たく、冬は温かい飲み物を売っているんだ。ときどき、近所の自動販売機《はんばいき》で買っていた、メロンソーダが飲みたくなるね」

次に、リカのお母さんが口を開く。

「わたしは、清潔《せいけつ》さと正確《せいかく》さがなつかしいわ。日本では、道ばたも電車の中も、きれいでゴミが少ないのよ。電車は時刻表《じこくひょう》のとおり、一分も遅《おく》れずに来るのがあたりまえだしね」

リカのお父さんがうんうん、とうなずいてつけ加《くわ》える。

「あともう一つ。トイレのあったか便座《べんざ》が恋《こい》しいな」

聞いていた全員が、どっと笑《わら》った。

「なんですか、それ？　便座《べんざ》にヒーターがついてるってこと？」

クインは興味津々《きょうみしんしん》でたずねたが、にやにやして答えようとしたお父さんを、お母さんがさえぎった。

「あなた、食事中よ」

日本に行ったら体験しなくちゃと、リカ以外《いがい》の暗号クラブの四人はひそかに思った。

夕食が終わると、全員でリビングルームに移動《いどう》した。リカのお母さんがおり紙を持ってきて、畳《たたみ》の上の低《ひく》いテーブルの上に置《お》く。

「コーディ、おり紙に興味《きょうみ》があるんですって？　さっきリカから聞いたの。リカのおばあちゃんは、おり紙が上手なのよ。おりたいもの、リクエストしてみたら？」

「わあ、ありがとうございます！」

と、横からクインが身を乗り出し、コーディより先にリクエストを出した。

「リカのおばあさん！　おれ、教えてもらいたいものがあるんです。前にもらったプレゼントについてた、手裏剣《しゅりけん》。まねして何回か自分で作ってみたんだけど、ぶかっこうなヒトデみたいにしかならなくて」

おばあさんは、にこやかにうなずいた。おじいさんもおばあさんも、あまりしゃべらないけれど、笑顔《えがお》がとてもやさしくてあたたかい感じで、コーディはもう大好《だいす》きになっている。

（シャイでにこにこしていて、リカと似《に》てるなあ。日本の人って、みんなこんな感じなのかな？）

コーディは、ちらっとリカを見た。リカも、笑顔《えがお》をうかべている。

リカのおばあさんが、おり紙を二枚《まい》取り上げ、コーディたちに示《しめ》した。

「色のちがうおり紙を二枚《まい》えらんでね」

「はあい！」

五人は、それぞれ、お気に入りの色を二種類《しゅるい》えらんだ。おばあさんがゆっくりおってくれるのを見ながら、慎重《しんちょう》におっていく。

でんしょう
しゅりけん

折り工程考案／作図　山田勝久

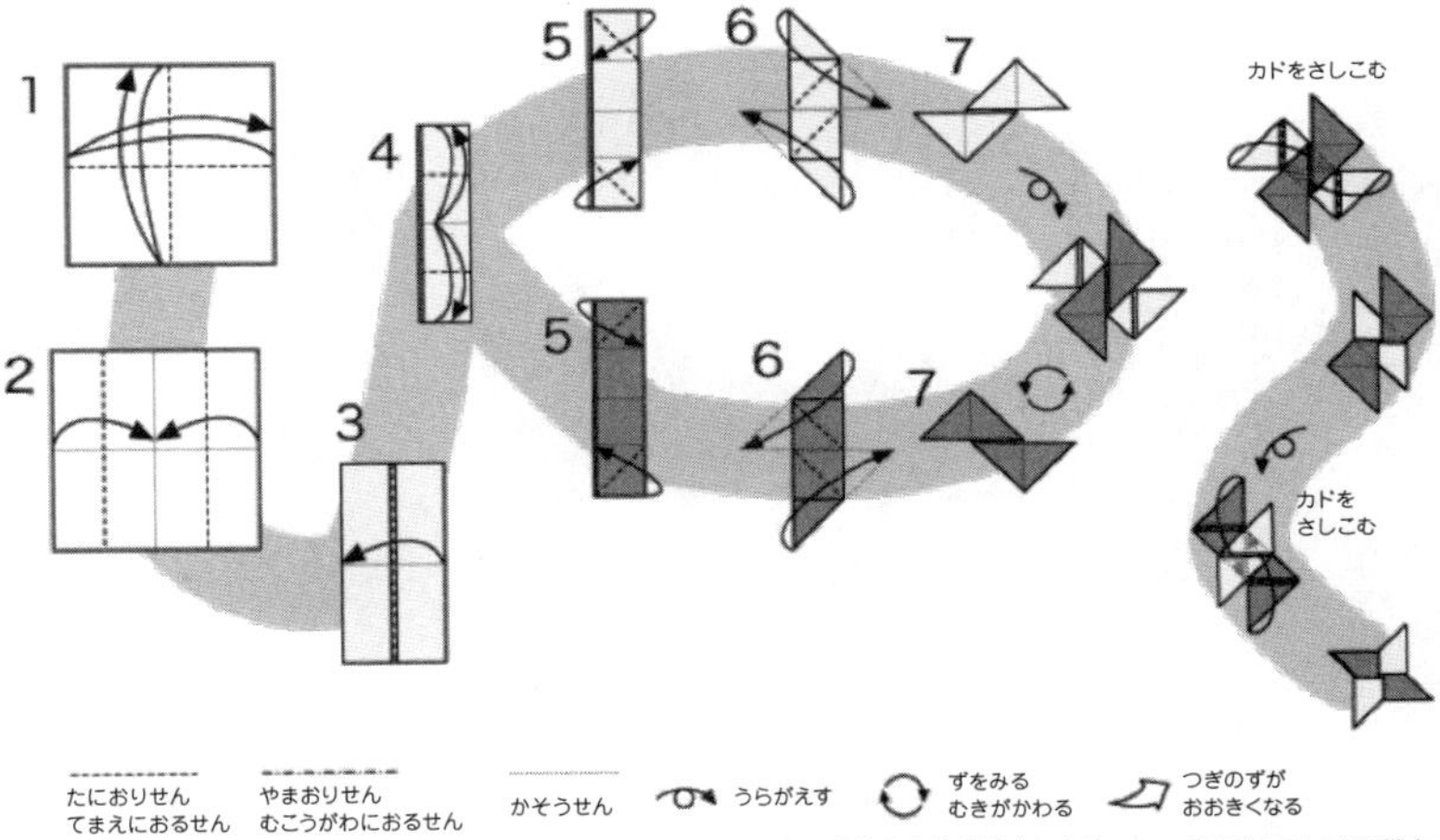

五人がおばあさんといっしょに手裏剣《しゅりけん》を完《かん》成《せい》させるあいだ、おじいさんが、じっさいに手裏剣《しゅりけん》を武器《ぶき》として使っていた忍者《にんじゃ》について、説明《せつめい》してくれた。

「……忍者《にんじゃ》は、十四世紀《せいき》ごろから活やくしはじめたのだよ。手裏剣《しゅりけん》やヌンチャクのような武器《ぶき》を使う戦闘集団《せんとうしゅうだん》というイメージが強いが、じっさいはスパイとしての任務《にんむ》がほとんどだった。忍術《にんじゅつ》を使ったり変装《へんそう》したりして、敵方《てきがた》からの情報《じょうほう》を集めるのが仕事だったのだ。スパイだけに、存在《そんざい》を知られないようにすることが重要《じゅうよう》だ。まるで透明《とうめい》人間のように、だれにも知られず移動《いどう》したり、手紙をとどけたりしたということだ」

「かっけー!」

クインがつぶやく。となりでコーディが質問《しつもん》した。

「忍者《にんじゃ》って、女の人もいたんですか?」

すると、おじいさんは、にっこりしてうなずいた。

「うむ……数は少ないけれど、スパイ役をつとめた女の人はいたそうだ。小説の世界では、女忍者《にんじゃ》は《くノ一《くのいち》》と呼《よ》ばれることが多い。『女』という漢字を分解《ぶんかい》すると、ひらがなの『く』とカタカナの『ノ』、漢字の『一』になるからね」

「へえっ! くのいちって変《か》わった呼《よ》び方《かた》ですね。なんだかかっこいい!」

コーディは思わず想像《そうぞう》をめぐらせた。黒装束《くろしょうぞく》に身をつつみ、手裏剣《しゅりけん》を持った自分の姿《すがた》を思《おも》い描《えが》いてみる。

「おじいちゃん、忍者《にんじゃ》と侍《さむらい》と将軍《しょうぐん》のちがいについて、みんな知りたいって言っていたんだけど……」

リカの質問《しつもん》を聞いて、おじいさんがふたたび説明《せつめい》を始めた。

「うむ……侍《さむらい》——つまり武士《ぶし》は、将軍《しょうぐん》や大名といった主人に仕《つか》えて、敵《てき》と戦《たたか》うことを仕事としていた人たちのことだ。戦《たたか》って命を落とすこともあったが、戦《いくさ》で死ぬのは名誉《めいよ》なことだったのだよ」

「うへえ。おれはぜったいイヤや！」

ルークが顔をしかめる。

「そうだろうな。今の世の中とは、考え方がちがうのだよ。武士《ぶし》には、敵《てき》と戦《たたか》うときに守るべきおきてがあった。美学のようなものとも、いえるかもしれん。たとえば、『敵《てき》とは正々堂々《せいせいどうどう》、正面から向きあうこと』とか、『武器《ぶき》は刀かやり、弓を使うこと』とかね。忍者《にんじゃ》も戦いに参加《さんか》したが、こちらはまたちがうおきてを持っていた。敵《てき》をふいうちで襲《おそ》うのはあたりまえで、武器《ぶき》も手裏剣《しゅりけん》、ヌンチャク、鎖《くさり》、扇子《せんす》まで、なんでもありだった」

説明《せつめい》のとちゅうで、コーディが質問《しつもん》した。

「扇子《せんす》が武器《ぶき》って、どういうことですか？　扇子《せんす》で思いっきり頭をたたいても、たいして痛《いた》くないと思うんですけど」

リカのおじいさんが、腰帯《こしおび》に差《さ》していた扇子《せんす》をぬき、開いたり閉《と》じたりしながら、つづけた。

「……扇《おうぎ》には、武器《ぶき》として使える物があったのだよ。《鉄扇《てっせん》》といって、鉄で作られた扇《おうぎ》なのだが、閉《と》じた状態《じょうたい》なら敵《てき》を打ちすえることができるし、開けば刀や弓矢から身を守る盾《たて》になる。鉄扇《てっせん》のいいところは、一見武器《ぶき》を持っているように見えないから、敵《てき》をゆだんさせられるという点だ」

クインが質問《しつもん》した。

「日本の侍《さむらい》も、戦《いくさ》のときに扇子《せんす》を使うって聞いたことがあるんですけど、どうやって使ったんですか?」

おじいさんは、うなずいて答えた。

「うむ、合戦《かっせん》のときに用いる扇子《せんす》は、《軍扇《ぐんせん》》といって、呪術道具《じゅじゅつどうぐ》として使われていたのだよ。いってみれば、戦《いくさ》にいかに勝つかのカギをにぎっていたわけだ。武将《ぶしょう》が持っていた軍扇《ぐんせん》には、表に太陽を表す《日の丸》、裏《うら》には夜を表す《三日月》が描《えが》かれていた。合戦《かっせん》の日取りや天気、時間に合わせて、扇《おうぎ》の開き方や裏表《うらおもて》の面を変《か》えることで、戦《いくさ》の勝ち負けを制御《せいぎょ》できると信《しん》じられていたのだ。今の人間が聞くと、ただのまじないにしか思えないかもしれないが、昔の人にとっては、戦《いくさ》に勝つための大切な作《さく》戦《せん》の一つだったのだ」

クインが深々とうなずく。

「なるほど。呪術《じゅじゅつ》も昔は科学だったってわけか」

今度は、エム・イーが質問《しつもん》する。

「扇子《せんす》で暗号を送ることもあったんですかっ？」

おじいさんが、大きくうなずいた。

「うむ、おそらくは。日本の扇子《せんす》は、もともと和歌や文《ふみ》を書いて送りあう、手紙やノートのような役割《やくわり》をはたしていた。だから、秘密《ひみつ》のメッセージを書いて送ることも、あったのではないかな。わたしも、子どものころに暗号メッセージを書いて、友だち同士《どうし》で遊んでいたものだよ。ちょっと作ってみよう」

おじいさんが、テーブルの上のおり紙を一枚《まい》取った。手早く蛇腹形《じゃばらがた》におって、かんたんなミニ扇子《せんす》を作ってみせる。

「オレたちも作ろうぜ」

クインの号令《ごうれい》で、暗号クラブの五人は、さっそく好《す》きな色のおり紙をえらび、ミニ扇子《せんす》を作った。全員が作業を終えると、おじいさんがゆっくり説明《せつめい》を始める。

「……扇子《せんす》の段々《だんだん》に、一文字ずつ字を書いてみてごらん。伝《つた》えたい言葉の文字一つを書いたら、かならず一つ、関係《かんけい》のない文字を入れる。たとえば『たすけて』なら、『たいすうけんてい』というふうにね。そうすると、開いた扇子《せんす》をななめから見たときに、伝《つた》えたいメッセージが出てくるんだよ。扇子《せんす》の向きを変《か》えて、左右の二方向から書くことで、メッセージを二つかくすこともできる。『たぐすすけまてい』などとね」

「おもしろーい！」

五人は、さっそくおり紙で作った扇子《せんす》に暗号メッセージを書きこみ、交換《こうかん》しあった。

コーディが扇子《せんす》に書きこんだ暗号は、

「！きれけまんと！」

エム・イーは、「ニいャたンいコか」、クインは、「ゴいジたラみ」、ルークは「かきらすあいげだ」。

（答えは解答編《かいとうへん》237～238ページ）

わいわい言いながら、扇子《せんす》暗号を解《と》きあっていたとき、コーディのスカートのポケットが、ぶるぶるっとふるえた。

（スマートフォンに、メッセージの着信《ちゃくしん》だ！）

仲間《なかま》を見ると、みんなもいっせいにそれぞれのスマートフォンを確認《かくにん》している。

コーディはまゆをひそめ、ポケットから電話を引っぱり出した。またしても、侍《さむらい》の幽霊《ゆうれい》からのメッセージだ。

「もう、なんなの……」

コーディはぼやきながら、メッセージに目を通した。予想とちがって、今回のメッセージは、暗号ではなかった。

送られてきたのは、絵文字一つきりだった。

「……」

コーディとリカは、思わず顔を見あわせた。ルークとクインは、絵文字を指さして爆笑《ばくしょう》している。エム・イーは、目をキラキラさせてさけんだ。

「チョーかわいいっ！」

リカのおじいさんは、五人を前に、きょとんとした顔をしている。それに気づいたリカが、メッセージの絵文字を見せた。おじいさんはにっこり笑《わら》って、言った。

「チョコレート味のソフトクリームかね？」

「……ふふっ」

リカがこらえきれず、笑《わら》い声《ごえ》をもらした。

「……おじいちゃん、ケータイもパソコンも使ったことないから、この絵文字、はじめて見たんだもんね……？」

「おや、ソフトクリームとちがうのか？」

ふしぎそうな顔のおじいさんに、クインが言う。

「ソフトクリームっていう解釈《かいしゃく》のしかたもあると思います」

ルークが笑《わら》ってうなずいた。

「たしかに。それにしても差出人《さしだしにん》のやつ、おれたちをおちょくっとるんかな」

「そうかな。かわいいから送ってくれただけなんじゃゃんっ？　けっこういい人かもよ、侍《さむらい》の幽霊《ゆうれい》さん」

エム・イーが、能天気《のうてんき》に言う。

「もう、エム・イーってば……」

コーディは天井《てんじょう》をあおいだ。

(こわがらせようとしてるのか、からかってるだけなのか、よくわからなくなってきた。いったい何者なんだろう、侍《さむらい》の幽霊《ゆうれい》って……)

第4章 、！

それからの一週間は、やけにゆっくりとすぎていった。コーディは毎日、スーツケースの中身をチェックして、日本のガイドブックを読んだ。でも、いくら読んでも、東京の電車と地下鉄の路線図《ろせんず》は複雑《ふくざつ》すぎて、とても乗りこなせそうにない。サンフランシスコにも、路面《ろめん》電車が少しだけあるけれど、ほとんどの人は自転車や車で移動《いどう》する。

「リカとはぐれないようにしなくっちゃ……」

リカの話では、東京、京都の夏はとても暑いという。気温は南カリフォルニアとあまり変《か》わらないけれど、湿度《しつど》が高い分、よけい暑く感じるんだそうだ。コーディは考えたすえ、T《ティー》シャツ七枚《まい》とショートパンツ二枚《まい》、お出かけ用のスカート一枚《まい》と長ズボン一本、それにフードつきパーカをスーツケースに入れた。ママとタナが作ってくれた暗号クラブのロゴ入りT《ティー》シャツも、わすれずに入れる。

ついに旅行前日の夜がやってきたとき、コーディは興奮《こうふん》と不安《ふあん》とで、なかなか寝《ね》つけなかった。はるばる海をこえて外国に行くのは、生まれてはじめてだったからだ。ワシントンＤＣ《ディー・シー》も遠かったけれど、同じ北アメリカ大陸《たいりく》の中だし、せいぜい飛行機《ひこうき》で五時間の距離《きょり》だった。ところが今回は、飛行機《ひこうき》で十一時間もかかるし、旅は丸々一週間もの長さだ。

（変《へん》なメールの送り主もわからないし……）

それでも、いつのまにか、眠《ねむ》っていたらしい。目覚《めざ》まし時計の音で目が覚《さ》めると、頭はすっきりしていた。

「とにかく、楽しむことだけ考えればいいよね！」

コーディは声に出して自分を元気づけると、さっそくＴ《ティー》シャツとショートパンツに着がえた。荷物の最終点検《さいしゅうてんけん》をしていると、一階からママの声が聞こえた。

「コーディ、そろそろ出発の時間よ！」

コーディは赤いスーツケースのジッパーを閉《し》め、部屋の中をぐるりと見わたした。わすれ物がないかどうか、確認《かくにん》する。

(うん、だいじょうぶ。タナからもらった招《まね》き猫《ねこ》は、リュックの中に入れたし)

コーディはわくわくしながら、階段《かいだん》を下りていった。

ママ、タナといっしょに車に乗りこみ、サンフランシスコ空港《くうこう》に向かう。車中では、後部座席《こうぶざせき》でタナと二人、ガイドブックをながめてすごした。

(富士山《ふじさん》や日本式庭園《にほんしきていえん》、それに二条城《にじょうじょう》を見るのが待ちきれないよ!)

空港《くうこう》のチェックイン・カウンター前で、ほかのメンバーと落ちあった。エム・イーとクインは両親、ルークはおばあちゃん、リカは両親と祖父母《そふぼ》がいっしょだ。リカのおじいさんとおばあさんも、同じ便《びん》で日本に帰国することになっている。東京にある二人のマンションに、全員とめてもらう予定だ。

(パパが来られなくて、ざんねんだな)

コーディは少しさびしく感じた。パパは今、大きな事件《じけん》の弁護《べんご》を引き受けている。今日は法廷《ほうてい》に立つ日なので、見送りに来る時間が取れなかった。

(でも、旅行中にスカイプ電話で話そうって、約束《やくそく》したもんね。だからへいき。悲しくなんてない)

コーディは自分に言い聞かせた。こまっている人を助ける弁護士《べんごし》という仕事に一生けんめい打ちこんでいるパパのことを、コーディはほこりに思っている。

それぞれがチェックインを終え、搭乗券《とうじょうけん》を受け取ったあと、リカが暗号クラブのみんなに声をかけた。

「……みんな、心の準備《じゅんび》はできた？」

「うん、ばっちり。もう待ちきれないよぉっ！」

エム・イーが、キンキン声で答える。今日のエム・イーは、ネコの絵が描《か》かれたT《ティー》シャツに、レギンスとショートパンツを重ね着している。足もとのバレエふうフラットシューズがおしゃれだ。

「エム・イーったら、全身ピンク！」

「そうなのっ、かわいいでしょ？　気合入れたの」

エム・イーは、見送りに来た両親とハグをした。

クインもママとハグをし、パパと肩《かた》をたたきあって別《わか》れをつげた。ルークは息ができないほど、おばあちゃんにギューッとだきしめられている。おばあちゃんの目には、なみだがうかんでいる。

「ばあちゃん、苦《くる》しいって。来週帰ってくるけえ。永遠《えいえん》の別《わか》れとちゃうんやから」

コーディも、ママとタナに別《わか》れのあいさつをした。タナがコーディにだきついてくる。そのとたん、なんだか心細くて悲しい気分になって、コーディはおどろいた。コーディの気持ちを見すかしたのか、ママが明るい声で、はげますように言う。

「ちゃんとお行儀《ぎょうぎ》よくするのよ。めいっぱい楽しんでね」

コーディはにっこりしてうなずくと、リカたちに合流した。リカの家族の後ろを歩き、手をふりながら出国審査《しんさ》の列に向かう。

出国手つづきと手荷物検査《てにもつけんさ》をぶじ終えたあと、一行は、搭乗《とうじょう》ゲート前のベンチにすわって飛行機《ひこうき》を待った。リカのお母さんが、売店でチョコレートミルクとベーグルを人数分買ってきて、子どもたちに配ってくれた。

コーディはお礼を言って受け取り、エム・イーにそっと耳打ちした。

「じっくり味わっとかないとね。日本にはベーグル、売ってないかもしれないから」

「そう言われたら、ふつうのベーグルが急にごちそうに思えてきたよっ」

エム・イーが、ベーグルにかぶりつく。コーディも食べながら、ふと思った。

(一週間ずっと、日本食しか食べられなかったら、ホームシックになるのかな……)

お寿司《すし》やラーメンは大好《だいす》きだけれど、毎日食べたら、あきてしまうかもしれない。

飛行機《ひこうき》に乗りこむと、暗号クラブのメンバーは、五つならんだ中央の席《せき》にすわった。

リカの両親と祖父母《そふぼ》は、その後ろの列にすわる。

リュックサックを前の座席《ざせき》の下におしこむと、暗号クラブの五人は、広いシートに腰《こし》を落ち着けた。毛布を広げて、シートベルトをしめる。

まもなく放送があって、飛行機《ひこうき》が動きだした。ぐいっと飛行機《ひこうき》が持ち上がる感じがしたかと思うと、地上がぐんぐん遠ざかっていく。飛行機《ひこうき》が雲の上に出て、安定して飛《と》びはじめると、コーディはほっとした。

となりにすわったエム・イーが、色えんぴつとぬり絵の本を取り出し、サラサラと色をぬりはじめた。そのとなりのリカは、暗号ノートを取り出し、数字と文字が組みあわさった表をながめている。エム・イーがふと色えんぴつを持つ手をとめ、たずねた。

「リカ、何やってんのっ?」

「うん……みんなに新しい暗号を提案《ていあん》しようと思って」

「新しい暗号っ？」

エム・イーが身を乗り出す。

「そう……インターネットを調べてたら、日本の戦国《せんごく》時代に発明されたっていう、置《お》きかえ暗号を見つけたの。上杉謙信《うえすぎけんしん》っていう有名な武将《ぶしょう》の家来が作ったものなんだけどね」

「十六世紀《せいき》の日本の暗号!?　すごい。どんなの？」

コーディが声をはずませる。

リカはさっそく、暗号ノートをコーディとエム・イーに見せた。

「どれどれっ？」

エム・イーが、まゆ根にしわをよせて、表を見つめる。

「いろはにほへと……？　どういう意味っ？」

「あ……これはね、『あいうえお』より前に使われてた、日本語の文字をおぼえるための文章なの」

◆上杉暗号《うえすぎ》◆

七	六	五	四	三	二	一	
ゑ	あ	や	ら	よ	ち	い	一
ひ	さ	ま	む	た	り	ろ	二
も	き	け	う	れ	ぬ	は	三
せ	ゆ	ふ	ゐ	そ	る	に	四
す	め	こ	の	つ	を	ほ	五
ん	み	え	お	ね	わ	へ	六
	し	て	く	な	か	と	七

「へえ。なんだか、きれいなひびきの文章だね」

コーディは、じっと文章を見ながら言った。

「うん。この世ははかない……っていうことをうたっているみたい。それじゃ……今から暗号問題を出すね。旅行で役に立つ日本語のフレーズ二つだよ」

一一・三二・゛三二・六三・五二・七五

゛五五・二一・三四・四三・六二・五二

さっそく暗号表とにらめっこしながら、コーディがつぶやく。

「えっと、最初《さいしょ》は一一……つまり、たて横どちらも数字『一』の延長線上《えんちょうせんじょう》にあるひらがなってことだよね」

リカがうなずく。

「そのとおり……最初《さいしょ》が横の数字で、次がたての数字ね」

エム・イーが、暗号表を手に取って言う。

「じゃあ、次の字はあたしが解読《かいどく》するっ。三二ってことは、横の数字が三で、たての数字が二だから……『た』、だ！」

（答えは解答編《かいとうへん》238〜239ページ）

二人が暗号を解《と》きおえると、リカが日本語の意味を教えてくれた。

「この日本語、すごく役に立ちそう。さっそく、食いしんぼうのルークに教えてあげよっ」

エム・イーが、クインとルークに、さっそく暗号表を回した。リカが二人に、上杉《うえすぎ》暗号の解《と》き方《かた》を説明《せつめい》する。

説明《せつめい》を聞いて、クインは目をかがやかせた。

「十六世紀《せいき》の侍《さむらい》が作った暗号！　ロマンがあるなあ。オレ、さっそく暗号問題、作ってみてもいい？」

「もちろん」

仲間《なかま》たちがうなずく。クインはさっそく、暗号表を見ながら、問題を作《つく》った。

一三・三五・一七・二二・一三・七六・゛三四・四三

（答えは解答編《かいとうへん》239ページ）

ルークがクインから暗号表を受け取り、解読《かいどく》に取りかかる。しばらくして、声をあげた。

「おっ！　これ、コーディの忍者名《にんじゃめい》やないか？」

「当たり。ちなみに、日本で一番有名な忍者《にんじゃ》なんだってさ。その名前は、子孫《しそん》や弟子が代々ついだんだって。そういう意味じゃ、半蔵《はんぞう》は不死身《ふじみ》ってことになるな」

リカが目を丸くした。

「クイン、すごい……どうしてそんなにくわしいの？」

クインが肩《かた》をすくめる。

「こないだ、リカが忍者《にんじゃ》暗号表をくれただろ？　あれにのってる名前を、ネットで調べてみたんだ」

「そうだったんだ……」

リカがうれしそうに笑《わら》う。

そのとき、コーディは、あれっと思った。

(クインの顔、ちょっと赤くない？　ひょっとしてひょっとしたら、クインもリカのことが好《す》きなのかも!?)

コーディがドキドキしながらクインの横顔を観察《かんさつ》していると、横でエム・イーがお気楽なキンキン声で言った。

「あたし、この暗号気に入ったっ。もっと問題、出しあおう！」

そのあと、暗号クラブの五人は、客室乗務員《じょうむいん》がランチを運んでくるまで、上杉《うえすぎ》暗号の問題を出しあった。ランチのあとは、それぞれが機内《きない》放送の映画《えいが》を楽しんだ。二本、立てつづけに見おわるころには、いつのまにか全員が、毛布《もうふ》にくるまりながら眠《ねむ》りに落ちていた。

＊＊＊

ガクン！

機体《きたい》のゆれで、コーディは目を覚《さ》ました。

窓《まど》の外を見て、はっとする。

（空港《くうこう》……。到着《とうちゃく》したんだ！）

仲間《なかま》を見ると、やはり目をこすったり、ウーンとのびをしたりしている。機体《きたい》が着地したときの衝撃《しょうげき》と轟音《ごうおん》で、目が覚《さ》めたのだ。

（東京だ！　家から八千キロもはなれた土地にいるなんて、なんだか信《しん》じられない。パパとママとタナ、どうしてるかな）

コーディはふと、家族のことを思った。と、エム・イーにつつかれた。

「コーディ、何、ぼーっとしてんのっ！　ほら、おりるんだから！」

「あ、そうだね！　ありがと」

まわりでは、ほかの乗客が頭上のたなからバッグをおろしはじめている。コーディは、急いでガイドブックや暗号ノートをバッグにしまって、立ち上がった。

列になって飛行機《ひこうき》からおりると、そこは羽田空港《はねだくうこう》だった。

「サンフランシスコとは、空気のにおいがちがう感じがする……」

コーディがつぶやくと、ルークが同意した。

「そうやな。なんやろ。わりといいにおいやな」

エム・イーとクインも加《くわ》わって、鼻をくんくんさせてみたが、結局、においの正体はわからなかった。四人のようすがおかしいらしく、リカはずっとくすくす笑《わら》っている。

細長い通路を歩いていくと、入国手つづきの部屋に入った。長い列に、いろいろな国から来た人たちがならんでいる。一人ひとり、審査《しんさ》を受けてから、日本に入るのだ。

コーディは、こっそり、ならんでいる外国人たちを観察した。

(国によって、パスポートの色ってちがうのね。サリーを着ている人は、インドから来たのかな。デヴのお母さんも、ああいう服を着るのかなあ)

あれこれ考えているうちに、あっという間に列の先頭までやってきて、コーディは入国審査官《しんさかん》に呼《よ》ばれた。

「次の方!」

ブースの前まで進み出て、審査官《しんさかん》にパスポートを手わたす。

「こ、こんにちは」

「こんにちは。日本へようこそ」

制服姿《せいふくすがた》の審査官《しんさかん》が、笑顔《えがお》であいさつを返してくれたので、コーディはほっとした。

コーディとパスポートの写真を見くらべると、スタンプを押《お》し、通過《つうか》していいですよ、というふうに手で合図してみせた。

トランクを受け取ってから到着《とうちゃく》ゲートを出て、人々でごったがえす空港《くうこう》出口に向かう。エム・イーが、いそがしく視線《しせん》を動かしながらつぶやいた。

「わお……あたしたち、外国にいるんだねえっ」

コーディはしみじみとうなずいた。通りすぎる人も、空港《くうこう》内にある商店も、何もかもがアメリカと似《に》ているようで、ちがうことばかりだ。

「なんだかすごく電気が明るくて、清潔《せいけつ》な感じだな」

「まぶしいくらいや」

クインとルークの言うとおりだと、コーディも思った。アメリカの建物《たてもの》の中は、こここにくらべると、うす暗く感じるだろう。

コーディたちがリカの家族のあとについていくと、シャトルバス乗り場に着いた。

これから、東京にある、リカのおじいさん、おばあさんの家へ向かう。窓《まど》も車体もピカピカにみがかれたバスに乗りこむと、白い手ぶくろをはめた運転手にむかえられた。

シャトルバスが出発すると、コーディたちは窓《まど》の景色《けしき》を食い入るようにながめた。

東京に近づくにつれ、ビルが増《ふ》え、交通量《こうつうりょう》もどんどん増《ふ》えていく。高層《こうそう》ビルや、きらきら光る広告《こうこく》や大きなポスターがたくさんあるところは、サンフランシスコのダウンタウンに似《に》ていると、コーディは思った。

(広告《こうこく》にかわいいキャラクターを使っているものが多いところは、日本らしいなあ)

向かい側《がわ》の車線を走るバスに、青いネコのイラストが描《か》かれているのを見て、コーディは思わず声をあげた。

「あ、ドラえもんだ!」

アメリカでもアニメが放映《ほうえい》されていたので、何度か見たことがあるのだ。

リカが解説《かいせつ》する。

「……うん。ドラえもんは、日本では四十年以上前《いじょう》から人気の、国民的《こくみんてき》キャラクターなの。知らない人はいないかも」

「へえっ！　あたしは、黄色いほうの、リボンをつけたネコちゃんが好《す》きだなっ」

エム・イーが、青いネコのとなりにいるネコを指す。

「……ドラミちゃんね。ドラえもんの妹なの」

「おしゃれだよねっ！」

移動中《いどうちゅう》、リカは窓《まど》から見える物を指さしては、いろんなことを教えてくれた。電車の駅、個性的《こせいてき》な形のビル、皇居《こうきょ》のお堀《ほり》――。

「ここ、オレたちが行く予定の、例《れい》の城《しろ》？」

クインがたずねると、リカは首を横にふった。

「ううん……わたしたちが行くのは、京都にある二条城《にじょうじょう》っていうお城《しろ》。この皇居《こうきょ》も昔、江戸城《えどじょう》と呼《よ》ばれるお城《しろ》だったの。江戸《えど》時代には徳川将軍《とくがわしょうぐん》が住んでたんだけど、お城《しろ》の大部分は、火事でなくなっちゃったんだって」

「なるほど」

クインが、お堀《ほり》と高い石垣《いしがき》をじっと見つめて、つぶやく。

石垣《いしがき》の上に、白い建物《たてもの》を見つけたコーディは、たずねた。

「ねえ、あそこはだれか住んでいるの？」

「……皇居《こうきょ》の中には、天皇陛下《てんのうへいか》のご一家がお住まいなの。でも、あの建物《たてもの》じゃなくて、もっと奥《おく》のほうの、ここからは見えないところだったと思う……」

リカが、少し自信《じしん》なさそうに答えた。

皇居《こうきょ》を通りすぎてからしばらくすると、一行はシャトルバスをおり、タクシーを拾《ひろ》った。二台に分かれて乗る。十分ほど乗り、ある高層《こうそう》マンションの前でおりた。

暗号クラブの五人は、各自《かくじ》の荷物を持ち、大人《おとな》たちのあとについて、マンションに入った。エレベーターで七階まで行き、リカのおじいさんがカギを開けるのを待つ。

おじいさんは玄関《げんかん》のドアを開けると、お入り、というふうに手まねきした。

玄関《げんかん》で靴《くつ》をぬいで家にあがると、その先には、広々としたリビングルームがあった。

ソファとひじかけ椅子《いす》が二脚《きゃく》、それに細長いテーブルがある。テーブルの上には、おり紙で作ったきれいな毬《まり》が置《お》いてあった。着物の柄《がら》のようなもようの描《えが》かれたおり紙に、赤い絹《きぬ》の飾《かざ》り房《ふさ》がついた毬《まり》だ。

エム・イーがまっ先にテーブルにかけより、毬《まり》を取り上げた。

「わあ、きれい！　これ、リカのおばあさんが作ったのっ？」

おばあさんはうれしそうに笑《わら》い、うなずいた。

「ねえ、これ見て！」

今度はコーディが、後ろの壁《かべ》を指さした。

「お！」

ルークが見るなり、おどろきの声をあげる。天井《てんじょう》から、おり紙でできた大きな飾《かざ》りが吊《つ》るしてある。数十羽の鶴《つる》が糸でつながれたものが、いくつもたばねられていた。

「うわっ、すごい！　いったい、何羽あるの？」

エム・イーがリカをふり返り、聞いた。

「えっと……千羽だと思う。これはね、昔おばあちゃんが病気で入院したときに、おじいちゃんが一人でおってくれたんだって」

「すてき！　おじいさん、やさしいんだね」

コーディが言うと、リカのおじいさんは、照《て》れたようすで、頭をかいた。

リカのお母さんが、近くにやってきて言った。

「これは《千羽鶴《せんばづる》》というのよ。鶴《つる》は、長生きのシンボルなの」

お父さんが、あとを引き取る。

「日本では、だれかが病気で入院したりすると、早く元気になることを願《ねが》って《千羽《せんば》鶴《づる》》をおるんだ。千羽鶴《せんばづる》を作ると、願《ねが》いがかなうといわれているんだよ」

ルークが、美しいおり鶴《づる》の連《つら》なりを見上げて言った。

「なるほど、ええもんやなあ」

リカのお母さんが、子どもたちに声をかけた。

「みんな、長旅おつかれさま。部屋に案内《あんない》するわね。ちょっと休憩《きゅうけい》してから昼ごはんを食べて、そのあと少し観光《かんこう》するのはどうかしら?」

「はーい!」

暗号クラブの五人は、声を合わせて返事した。

リカのお母さんが先頭に立ち、廊下《ろうか》へ出る。廊下《ろうか》の一番手前の部屋はクインとルーク、二番めの部屋はリカ、コーディ、エム・イーの寝室《しんしつ》だった。どちらも部屋のすみに、人数分のふとんがたたんである。
リカのお母さんは、廊下《ろうか》のつき当たりを指さすと、いたずらっぽい口調《くちょう》で言った。

「お手洗《てあら》いはその奥《おく》よ。楽しんでね」

（ん？　トイレを楽しむ？）

コーディは首をかしげて、仲間《なかま》の顔を見た。エム・イー、クイン、ルークもふしぎそうな顔をしている。リカだけが、クスクス笑《わら》っていた。五人は各自《かくじ》の部屋にリュックを置《お》くやいなや、さっそくトイレへ直行した。

最初《さいしょ》に中をのぞきこんだのは、エム・イーだった。

「わ、何これっ？」

目をぱちくりさせている。クインが、後ろからのぞきこんだ。

「お、ボタンがいっぱいだ。なんの機械《きかい》？」

二人の反応《はんのう》に、リカが笑《わら》う。

「ふふ……どうやって使うのか、説明《せつめい》するね」

リカはそう言うと、中に入り、便座脇《べんざわき》についているボタンを押《お》した。とたんに、便《べん》器《き》の中のパイプから、噴水《ふんすい》のように水がふき出した。

「洗車《せんしゃ》マシンみたいだな」

クインがつぶやく。

「これはね……おしりを洗《あら》ってくれる機能《きのう》なの」

「マジか！」

ルークは、目を丸くしている。

リカは、ほかのボタンの機能《きのう》も説明《せつめい》してくれた。

「……このボタンで、便器《べんき》のふたを自動で閉《し》めたり開けたりするのね。こっちはトイレを使う前に便器《べんき》を掃除《そうじ》するボタン。で、こっちは、おしりをかわかす機能《きのう》。トイレの便座《べんざ》は、温度調節《おんどちょうせつ》もできるんだよ。冬はあたためておけるし、夏は切っておけば冷《つめ》たくなるから」

「最高《さいこう》や！」

「これが、リカのお父さんが言ってた、あったか便座《べんざ》かあ」

クインとルークが歓声《かんせい》をあげる。エム・イーは、口をあんぐり開けっぱなしだ。

(すごい……なんて清潔好《せいけつず》きなの!?)

コーディもエム・イーと同じく、おどろきで言葉が出てこなかった。

後ろでクインが、とつぜん宣言《せんげん》する。

「みんな、廊下《ろうか》に出て！　オレがまず、使い心地をチェックするから」

四人は笑《わら》って、クインにトイレをゆずった。

エム・イーが、部屋にもどりながら、はずんだ声で言う。

「アメリカに帰ったら、うちのトイレにもあったか便座《べんざ》、つけたいなっ」

各自《かくじ》が大さわぎしながらトイレ体験《たいけん》をすませると、リカのお母さんに呼《よ》ばれた。

「みんな、外へランチを食べに行くわよ」

リカのお父さんとおじいさん、おばあさんは、旅行の荷ほどきをしたり、体を休めたりしたいからと、家にのこった。

マンションのビルを出て歩きながら、リカのお母さんが言った。

「うどんを食べに行こうと思うの」

「うどんって何ですかっ？」

エム・イーが聞く。

「日本のヌードルよ」

「あ、ヌードルならオレ、大好物《だいこうぶつ》です。カップラーメンなんか、毎日食べてもあきないくらいで」

クインが言うと、リカのお母さんは首を横にふった。

「うどんはね、ラーメンとはまた別物《べつもの》なの。もっと白くて太くて……食べてみたらわかるわ」

十分くらい歩くと、商店の立ちならぶにぎやかな通りに出た。リカのお母さんは、軒先《のきさき》に紺色《こんいろ》ののれんがかかった店に入った。

「こんにちは、予約していた武田です」

「はい、お連《つ》れさまがお待ちです」

案内《あんない》された座敷《ざしき》の席《せき》には、すでに先客が二人、すわっていた。クインより少し短いツンツン髪《がみ》の男の子と、長い髪《かみ》を背中《せなか》にたらした女の子だ。女の子は、かわいいハート形のヘアピンで前髪《まえがみ》をとめている。二人とも、グレーの制服《せいふく》を着ていた。

リカは二人を見るなり、はじけるような笑顔《えがお》を見せ、かけよった。早口で何か言いあってから、コーディたちに手まねきする。

全員が席《せき》につくと、リカが二人を紹介《しょうかい》してくれた。

「えっと……こちらは、幼《おさな》なじみの咲良《さくら》と悠人《はると》。アメリカに引っこす前は、いつも三人で、放課後《ほうかご》集まって遊んでたの。英会話教室もいっしょに通ってたんだ」

コーディが、四人を代表して、あいさつする。

「わたしたち、暗号クラブです。わたしがコーディ、こちらがクイン、ルーク、エム・イー」

「よろしくねっ！」

エム・イーが言うと、さっそく、咲良《さくら》が話しかけてきた。

「エム・イーって、とってもおしゃれね！　今は制服《せいふく》を着てるけど、わたしもおしゃれが大好《だいす》き」

「ありがとっ！　ね、咲良《さくら》のそのピンもかわいいよ」

「これ、原宿《はらじゅく》で買ったの」

「わあ、あたしも行きたいなっ！」

エム・イーが目をかがやかせる。二人はさっそく、意気投合したらしい。

悠人《はると》のリュックについているアイアンマンのキーホルダーに気づいたクインが、きらりと目を光らせた。

「アイアンマン！　マーベルコミック、好《す》きなの？」

悠人《はると》がうなずく。

「うん、大好《だいす》き。アイアンマンはとくにね。映画《えいが》もぜんぶ、みてるよ。あとぼく、アメリカのお菓子《かし》も好《す》きなんだ」

お菓子《かし》と聞いて、ルークが身を乗り出す。

「アメリカのお菓子《かし》って、たとえば何が好《す》きなんや？」

「キットカットとか、スニッカーズとか――」

「スニッカーズなら、おれも大好物《だいこうぶつ》や！　アメリカには、ピーナッツ味のお菓子《かし》がいろいろあってな、中でもおれのイチオシは……」

二人は、さっそくお菓子《かし》の話でもり上がりはじめた。

と、ふいに咲良《さくら》が心配そうな顔になって、リカに耳打ちした。

リカが、まゆをひそめて悠人《はると》を見る。声をかけられた悠人《はると》は、ルークとのおしゃべりを中断《ちゅうだん》すると、ポケットからスマートフォンを出した。手早く文字を打ちこみ、画面をリカに見せる。

リカはすばやく目を走らせたあと、その画面を暗号クラブの仲間《なかま》に向けた。

「えっ！」

コーディは、目をうたがった。

モールス信号《しんごう》と絵文字を組みあわせた暗号――旅行の前に受け取った、きみょうなメッセージの一つと同じものだ。

(いったいどういうこと？)

コーディが口を開きかけたとき、店員の女の人がテーブルに来た。

「お客様の中に、リカさんという方はいらっしゃいますか？」

手をあげたリカに、店員は小さな紙を手わたした。

「わたしてくださいと、たのまれました」

リカが手の中のメモを見つめ、首をかしげる。それから、だれかをさがすように、店内をさっと見回した。でも、知っている顔は見えない。

「……だれからなのかな。みんな、これ、見て」

リカは、メモを開いてテーブルの上に置《お》いた。

文章が一行書かれていて、その下に、気味の悪い画像《がぞう》の切りぬきが張《は》ってあった。

全員の目が、不気味《ぶきみ》なお面にくぎづけになった。リカがつぶやく。
「怪士《あやかし》の……霊《れい》……!?」

第5章

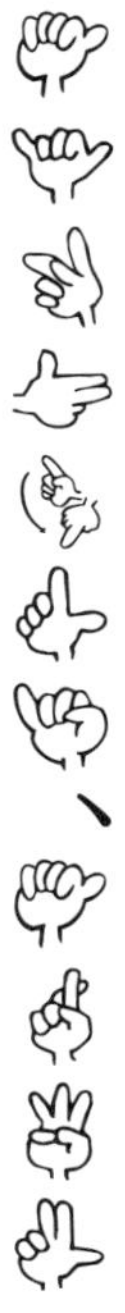

「どういうことだ、これ？」

クインが、ツンツン頭をかきむしって言った。

「なんでリカの友だちが、オレたちと似《に》たようなメッセージを受け取るんだ？　それに、侍《さむらい》の幽霊《ゆうれい》の次は怪士《あやかし》の霊《れい》って……なんなんだ、いったい!?」

咲良《さくら》が、不安《ふあん》そうな表情《ひょうじょう》で悠人《はると》を見る。悠人《はると》は、じっとうつむいて、何かを考えているようすだ。

「シーッ……みんな、聞いて！」

リカが、店の人に注文しているお母さんのようすをうかがいながら、小声で言った。

「うちのお母さんには、だまっておいてほしいの。だれかが旅行をじゃましようとしてるなんてこと、もしお母さんが知ったら、二条城《にじょうじょう》見学は取りやめになっちゃうかもしれないから」

そのとき、リカがはっとしたふうに、レストランの入り口のほうを見た。何か気になるものを目にしたらしい。コーディは、小声で聞いた。

「リカ、どうしたの？」

ところが、リカは首を横にふった。

「……なんでもない。ちょっと気になる物を見た気がしたんだけど……見まちがいだったみたい」

リカのとなりで、エム・イーが肩《かた》をすくめる。

「やっぱ、犯人《はんにん》はおジャマじゃマットだと思うなっ。こっそり飛行機《ひこうき》に乗って、あたしたちのあとつけてきてるのかもよっ？」

コーディは、すぐに首を横にふって否定《ひてい》した。

「まさか。いくらおジャマじゃマットだって、ムリだよ。マットの親が、一人旅をゆるすわけ、ないもの。親にないしょでチケットを買って外国に来るなんて、さすがのマットもそこまでできないでしょ」

ルークがうなずく。

「たしかにコーディの言うとおりや。それにしても、だれのしわざか知らんけえ、こげなメッセージ、ええ気持ちはせんなあ」

エム・イーが、顔をしかめて言う。

「ほんとだよっ。このお面、めっちゃ不気味《ぶきみ》だし。『怪士《あやかし》の霊《れい》に気をつけろ』って書いてあるけど、これって、霊《れい》にたたられるってこと？」

リカがため息をついた。

「さあ……〈怪士《あやかし》の霊《れい》〉と〈侍《さむらい》の幽霊《ゆうれい》〉が同じ人物かどうかも、わからないし……」

そのとき、咲良《さくら》と悠人《はると》が、顔を見あわせて、同時につぶやいた。

「蓮《れん》かも……」

「レンってだれ？」

クインが聞くと、悠人《はると》があたりにさっと目を走らせた。周囲《しゅうい》をたしかめてから、身を乗り出して小声で言う。

「蓮《れん》は、リカが転校したあと、うちの学校に転入してきた男子なんだけど……。ひと言でいうと、君たちの学校にいる、おジャマじゃマットみたいなヤツなんだ」

リカが青ざめる。

「ほんとに？　悠人《はると》たち、その子に意地悪されてるの？」

咲良《さくら》がうなずいた。

「うん。すごくヤなやつなの」

コーディが苦笑《にがわら》いして、訂正《ていせい》する。

「マットってじつは、それほどイヤなヤツじゃないんだけどね」

クインがうなずき、つけ加《くわ》えた。

「まあ、悪いやつじゃないよな。なんていうか……たまにめんどくさいってだけで」

咲良《さくら》が言った。

「じゃあ、蓮《れん》はマットよりずっとひどいってことだ。蓮《れん》はね、悠人《はると》とあたしがアメリカのコミックを読んでたりすると、いきなりひったくって、ゴミ箱にすてたりするの。悠人《はると》が自分の家の裏庭《うらにわ》に作った隠《かく》れ家《が》も、勝手に忍《しの》びこんでこわしたし……」

暗号クラブの五人は、顔を見あわせた。ユーカリ林の部室に侵入《しんにゅう》しようとしたマットが、ドアをこわしたときのことを思い出したのだ。

「それはマットと似《に》てるかも……」

コーディがつぶやくと、悠人《はると》がさらに言った。

「それだけじゃない。蓮《れん》は平気でうそをついて、ぼくたちの悪口を言いふらすんだ。テストのとき咲良《さくら》がカンニングしてたとか、給食のデザートをぼくがこっそりぬすんだとか。そんなこと、やってないのにさ」

リカが顔をしかめる。

「そんなうそを言いふらすなんて、ひどい……」

コーディは、リカを見た。

「ところでリカ、さっき気になる物を見たって言ってたけど、何だったの？」

リカが、自信《じしん》なさそうに口ごもる。

「うん……かんちがいかもしれないんだけど、このメモに張《は》ってあるのとよく似《に》たお面をかぶった人が、入り口のほうにいた気がしたの」

咲良《さくら》が悠人《はると》の顔を見る。

「ぜったい蓮《れん》だよ！　そういう芝居《しばい》がかったことするの、大好《だいす》きだもん。きっと、あたしたちのあとをつけてきたんだと思う」

リカがまゆをひそめる。

「だとしたら……どうしてその子は、暗号クラブのことを知っているのかな。咲良《さくら》が話したの？」

「まさか！　あ、でも、ちょっと待って……。もしかしたら、担任《たんにん》の林先生に、アメリカから暗号クラブのみんなが来るって話をしてたとき、あいつ、立ち聞きしてたのかも。ひょっとして、あたしのスマートフォンを盗《ぬす》み見《み》したのかな。リカとのメールのやり取りの中に、暗号クラブあてのメールを転送したものがいくつかあったから、そこからアドレスを手に入れたのかも。ごめん。あたしのせいだったら……」

咲良《さくら》が、がっくりとうなだれる。

「咲良《さくら》のせいなんかじゃないよ。立ち聞きしたり、ひとのケータイを盗《ぬす》み見《み》たりするやつがいるなんて、ふつうは思わないもの」

「そうだよ。悪いのは蓮《れん》なんだから」

コーディと悠人《はると》が言うと、ほかの五人も同意した。

「そうだよ」

リカが、覚悟《かくご》を決めたようすで口を開く。

「どっちにしろ、その蓮《れん》っていう子が、どんなにわたしたちの旅行をジャマしようとしても、いやがらせのメッセージを送ってくるくらいしかできないと思う。旅行中は、うちのお母さんがずっとつきそってるわけだし」

エム・イーが、もじもじしながら言った。

「だといいけど。それにしても蓮《れん》って子、うそを言いふらしたり、ケータイを盗《ぬす》み見《み》たりするなんて、ちょっとこわくないっ?」

そのとき、咲良《さくら》と悠人《はると》が、すばやく視線《しせん》を交わしあったことに、コーディは気がついた。

(ん?　咲良《さくら》と悠人《はると》、まだ何か言ってないことがあるのかな)

リカが、エム・イーの顔を見る。

「だいじょうぶ。うちのお母さんがついてるかぎり、安心だから。それに蓮《れん》だって、新幹線《しんかんせん》で三時間もはなれた京都までは、あとをつけてこないだろうし」

「やっぱさ、ねんのため、リカのお母さんには伝《つた》えといたほうがいいんじゃんっ？」

エム・イーが言ったとき、お店の人が、大きなお盆《ぼん》を持って現《あらわ》れた。うどんの入ったどんぶりが、湯気《ゆげ》を立てている。おいしそうな香《かお》りをかいだとたん、コーディのおなかはギュルギュルッと鳴った。

ルークも、うどんに目がくぎづけになっている。

「うまそうやなあ。おれのばあちゃんが作る、チキン・ヌードル・スープに似《に》とる気がする」

クインが、熱々《あつあつ》の白いうどんと豚肉《ぶたにく》、卵、かまぼこ、そしてねぎを、はしでそっとかきまぜながら、コメントする。

「リカのお母さんが言ってたとおり、ラーメンとちがってめんが太いし、白いな」

コーディは、リカと咲良《さくら》、悠人《はると》の食べ方を観察《かんさつ》した。三人は、どんぶりに顔を近づけ、はしでうどんをはさむと、ズルズルッとすすり上げた。コーディもまねをして、ズズッとすする。クイン、ルーク、エム・イーも、いきおいよくすすりはじめる。

ズルズル、ズズズーッ！

（おもしろーい！）

コーディは、すっかり愉快《ゆかい》な気分になっていた。

クインが、あごからしずくをたらしながら言った。

「音たてて食べると、おいしさが増《ま》す気がするな。アメリカだと、行儀《ぎょうぎ》悪いって怒《おこ》られるけどさ」

食べながら、暗号クラブとリカの幼《おさな》なじみたちは、おたがいの国の日常《にちじょう》生活について紹介《しょうかい》しあった。

日本の小学校は、アメリカの小学校とは細《こま》かいところがいろいろちがうということがわかった。たとえば日本では、授業《じゅぎょう》時間はアメリカとほぼ同じなのに、夏休みはずっと短い。その代《か》わり日本は、祝日《しゅくじつ》がアメリカより多く、冬休みと春休みが長めだ。また、アメリカでは、学校がやとっている清掃《せいそう》の人が掃除《そうじ》をするけれど、日本では、掃除《そうじ》の時間というのがあって、子どもたちが自分たちで教室をきれいにするという。

コーディは、感心して聞いていた。

(自分たちで掃除《そうじ》するなんて、えらいな!)

昼食を終《お》えるころ、コーディは、リカがほとんど話していないことに気づいた。リカの顔を見ると、半分上の空といったようすで、ときどき、店内を見回している。

(もしかして、お面をかぶった人をさがしてるのかな?)

リカのお母さんも、いつもとちがうリカのようすに気づいたらしく、声をかけた。

「リカ、どうかしたの?」

「ううん、なんでもない」

リカが笑顔《えがお》を作って言う。リカのお母さんは少し心配そうにうなずくと、言葉をつづけた。

「みんな食べ終《お》わったようだから、これから新宿《しんじゅく》に向かいましょう。ゴジラを見に行くわよ! 咲良《さくら》ちゃんと悠人《はると》くんも、よかったらいっしょに行かない?」

全員歓声《かんせい》をあげ、うどん屋を出た。怪獣《かいじゅう》ものに目がないクインは、うれしくて、顔を上気させている。

クインはゴジラについて、やたらとくわしかった。電車で新宿《しんじゅく》に向かうあいだも、数あるゴジラ映画《えいが》の中から、有名なセリフを引用したり、マニアックな豆知識《まめちしき》を教えてくれたりした。

「知ってる？　一九五四年以来《いらい》、二十九本ものゴジラ映画《えいが》が制作《せいさく》されてるんだぜ。もともとゴジラは、核実験《かくじっけん》が引き金になって生まれた怪獣《かいじゅう》なんだ。ゴジラ映画《えいが》は、『核《かく》を地球上《ちきゅうじょう》からなくそう』っていうメッセージを持ってるってわけ」

「ほお。たんなる怪獣映画《かいじゅうえいが》とは、わけがちがうんやなあ」

感心するルークの横で、悠人《はると》が聞く。

「ねえクイン、『シン・ゴジラ』はもう見た？」

「もちろん。光線を発射《はっしゃ》するゴジラ、かっこよかったよな！　でも、オレにとってのベスト・ゴジラ映画《えいが》は、やっぱり『モスラ対ゴジラ』と、『キングコング対ゴジラ』なんだよなあ。なんでかっていうと、どっちもゴジラが悪役に徹《てっ》していて……」

クインのゴジラ談義《だんぎ》は、とどまるところを知らない。コーディも電車の窓《まど》から外を見ながらなんとなく聞いているうちに、だんだんゴジラに愛着《あいちゃく》がわいてきた。新宿《しんじゅく》に着くころまでには、ビルの上の怪獣《かいじゅう》を見に行くのが楽しみになっていた。

電車をおりると、一行は人ごみのあいだをぬって、お目当てのビルへ急いだ。ビルに到着《とうちゃく》すると、エレベーターで八階まで上り、屋上テラスに出た。

「うぎゃっ！」

エム・イーが、さけび声をあげた。

巨大《きょだい》ゴジラがビルの上から首をつき出し、こちらをにらみつけている。

クインとルークは大さわぎしてよろこび、スマートフォンで写真をパシャパシャ撮《と》りはじめた。リカ、咲良《さくら》、悠人《はると》はそのようすを楽しそうにながめながら、写真を撮《と》りまくるクインたちの写真を撮《と》った。そのあとは、ビル内のみやげものコーナーで、ゴジラグッズを物色した。クインとルークがえらんだゴジラのフィギュアを見て、コーディも一つ、買うことにした。おジャマじゃマットへのおみやげだ。

「いやあ、迫力《はくりょく》あったなあ」

買い物を終えると、クインはゴジラのフィギュアが入った紙ぶくろをだいじそうにかかえながら、よろこびをかみしめた。

ゴジラを見ながらお茶を飲めるところがあったので、そこで休憩《きゅうけい》することにした。

エム・イーは、きれいなロールケーキがすっかり気に入ったようで、熱心《ねっしん》に写真を撮《と》っている。

「なんや、ゴジラやのうて、ケーキの写真ば撮《と》りよるなんて、変《か》わっとるな」

「あたしは、かわいい物が好《す》きなのっ！」

「エム・イーったら、ほんとかわいいね」

咲良《さくら》とエム・イーが、顔を見あわせて笑《わら》う。

ビルを出て駅に向かう途中《とちゅう》、クインが悠人《はると》に話しかけた。

「このあたり、歌舞伎町《かぶきちょう》っていうんだよな。なんか、チャイナタウンに似《に》てるような気がする」

「あ、わかるわかる。にぎやかな色の看板《かんばん》が多いしね」

歩いて駅にもどり、また電車に乗る。

東京駅に着くと、リカのお母さんは、駅につながっている、地下のショッピング街《がい》に連《つ》れていってくれた。地下街《ちかがい》は、まるで迷路《めいろ》みたいに細い通路とお店がびっしりならんでいて、お菓子《かし》からおつまみ、化粧品《けしょうひん》、衣料品《いりょうひん》、おもちゃにゲームと、ありとあらゆる物が売られている。

リカのお母さんからはぐれないように、コーディは必死《ひっし》で追いかけた。

（わたしたちだけだったら、ぜったい迷子《まいご》になっちゃう！）

リカのお母さんは、キャラクターストリートと呼《よ》ばれる一角に案内《あんない》してくれた。日本の人気マンガや、アニメのキャラクター商品を売る店が集まっている。

クインが、目ざとく黄色いキャラクターを指さす。

「あ、ポケモンだ！」

「わあ、キティちゃんがいっぱい！」

エム・イーは、とびはねてよろこんでいる。その後ろで、ルークが声をあげた。

「お、『ワンピース』グッズもあるぞ！」

ルークが指さしたほうには、さまざまなマンガのキャラクターの文房具《ぶんぼうぐ》や、うちわ、お面などがならんでいるのが見えた。

（お面……）

コーディはふいに、リカがうどん屋で見かけたという、お面をかぶった人物のことを思い出した。思わずあたりを見回し、あやしい人影《ひとかげ》が見えないかどうか、確認《かくにん》する。

（リカのかんちがいだったら、いいんだけど……）

コーディのとなりでは、エム・イーがキンキン声ではしゃいでいる。

「もお、かわいい物が多すぎて、どうしたらいいかわからないっ！」

モール内をあちこち見て回り、思い思いのみやげを買ったころには、もう夕方になっていた。リカのお母さんに連れ《つ》られ、レストランがひしめく一角を歩く。カレー、そば、うどん、ピザ、とんかつ、ステーキ、しゃぶしゃぶ、クレープ、ラーメン、うなぎ……。

コーディは、目を見張《みは》った。

（なんてたくさんのレストランがあるんだろう。ぜんぶ味見してみたいなあ……）

レストランの看板《かんばん》を見ながら考えていたら、リカのお母さんが、小さな回転寿司屋《ずし》の前で足をとめた。子どもたちはあとについて店内に入り、カウンター席にならんですわった。目の前のベルトコンベアの上を、お寿司《すし》の乗った小皿が流れている。

「ほう、これがリカの言うとった回転寿司《ずし》か」

目の前を流れていく寿司《すし》を見つめながら、ルークが言う。

リカのお母さんが、お茶を配りながら説明《せつめい》した。

「好《す》きな物を取って食べてね。食べ終《お》わったら、お皿は自分の前に重ねて置《お》いてちょうだい。食べたお皿の数で、お勘定《かんじょう》を計算するようになっているから」

「はーい」

「いただきまーす！」

ルークは、好物《こうぶつ》のエビが乗った寿司《すし》を何度も取った。コーディはサーモン、クインはかっぱ巻《ま》き、エム・イーは玉子がおおいに気に入った。おなかがいっぱいになると、リカのお母さんが店員さんを呼《よ》んだ。

店員さんが、リモコンのような物を持ってきて、リカのお母さんが重ねたお皿の上にかざす。すると……「ピピッ」と音がして、合計金額《きんがく》が表示《ひょうじ》された。

「な、なんや今の！」

「すっげー！」

ルークとクインは、興奮《こうふん》して顔を見あわせた。

「お皿を数えて金額《きんがく》を計算してくれる、特別《とくべつ》な機械《きかい》なのよ」

コーディも、おどろいていた。

（トイレもそうだけど、日本の人って、細《こま》かいところまで工夫《くふう》して、便利《べんり》にすることが好《す》きなんだなあ）

お店を出ると、咲良《さくら》と悠人《はると》は家に帰る時間だった。

「じゃあ、また明日ね！」

咲良《さくら》の言葉に、コーディたちがふしぎそうな顔をすると、悠人《はると》が説明《せつめい》した。

「京都には、ぼくたちもいっしょに行くんだよ。リカのお母さんが、招待《しょうたい》してくれたんだ」

「わーい！」

「じゃあ、また明日ね！」

コーディたちは、地下鉄のほうへ歩いていく二人を、手をふって見送った。

そのあと、一行はリカの祖父母《そふぼ》の家に帰った。もう外は、すっかり暗くなっている。

でも、電灯《でんとう》がとても明るいし、たくさんの人が歩いている。ガイドブックで読んだとおり、日本は治安《ちあん》がとてもいいんだなと、コーディは実感した。

ふと、後ろを歩くリカの顔を見たとき、コーディはちょっと心配になった。顔色がよくないし、少し歩くと、後ろをふり向いたり、あたりをキョロキョロ見回したりしている。

（たぶん、蓮《れん》があとをつけていないか、確認《かくにん》してるんだ。あれから何も起こらなくてよかったけど、明日もだいじょうぶだよね？）

家にもどると、おじいさんとおばあさんは、もう寝《ね》ていた。リカのお父さんは、仕事でちょっと出かけるという書き置《かお》きを残して、いなかった。

順番にお風呂《ふろ》に入り、寝《ね》る準備《じゅんび》をする。

「みんな、おやすみなさい。明日は七時に起こすからね！」

「はあい、おやすみなさい」

リカのお母さんにあいさつをしたあと、二つの寝室《しんしつ》に分かれて、引き上げる。夜のうちに充電《じゅうでん》しておこうと、コーディがスマートフォンを取り出したとき、ポロンと着《ちゃく》信音《しんおん》が鳴った。

－－・・－／－・－－・／－・・・－／－－・－・／－・・・／
・・－／－・・－／・－・・／・－－・／－・／・－・・／？
・－－・／－・－・・／・・／－・・・／
－・－・・／－－／・・－／・・－・・／・－・－－／・・／
－－・－－／・－・・・／・・－／

二条城《にじょうじょう》の怪士《あやかし》より

同時に、エム・イーとリカのスマートフォンからも、着信音《ちゃくしんおん》が聞こえた。

三人は、顔を見あわせると、急いで画面を確認《かくにん》した。メッセージに目をとおしてから、たがいの電話を交換《こうかん》し、画面を見せあう。

モールス信号《しんごう》に能面《のうめん》の画像《がぞう》がそえられたメッセージは、三つとも同じ内容《ないよう》だった。

（答えは解答編《かいとうへん》２３９ページ）

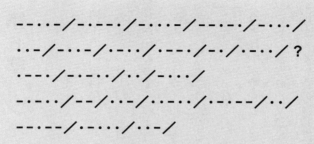

第6章

怪士《あやかし》の面を目にしたとたん、コーディは首の後ろがゾワリとするのを感じた。お面のつり上がった目はかっと見開かれ、みけんにはしわがよっている。はげしい怒《いか》りが伝わってくるような、うらめしそうな表情《ひょうじょう》は、かなり不気味《ぶきみ》だ。

エム・イーが、泣《な》きそうな顔で言った。

「もうやだ。この顔見るの、こわいよお」

「これ……たぶん、能《のう》で使うお面だと思う。ちょっと調べてみるね」

リカはつぶやくと、さっそくスマートフォンで検索《けんさく》を始めた。何度かリンクをクリックし、書かれた文章を読んだあと、コーディたちに説明《せつめい》して聞かせる。

「怪士《あやかし》っていうのは、武将《ぶしょう》の怨霊《おんりょう》を表す能面《のうめん》なんだって」

「ぶ、武将《ぶしょう》の怨霊《おんりょう》!?」

エム・イーが、コーディにしがみつく。

コーディはエム・イーを安心させようと、背中《せなか》をトントンたたいて言った。

「だいじょうぶだよ、エム・イー。これを送ってきてるのは、正真正銘《しょうしんしょうめい》の人間だから。だって、武将《ぶしょう》の怨霊《おんりょう》がメッセージを送れるわけないいし、モールス信号《しんごう》を知ってるとも思えないもん」

言いながら、ほんとうはコーディも、こわくてたまらなかった。

《二条城《にじょうじょう》の怪士《あやかし》》を名乗る人物は、今日、コーディたちのあとをつけていたということになる。そして、このあと京都に行くことも知っている。

(いったい、だれなの!?)

コーディは、足音をたてないように、静かに壁《かべ》ぎわまで歩いていった。壁《かべ》の向こうは男子二人の寝室《しんしつ》だ。家の人たちを起こさないよう、コーディはそっと壁《かべ》をノックし、モールス信号《しんごう》を送った。

ー・・ー／ー・／

ー・・・ー／・ーー・／・ーーー・／・ーー・ー／ーー・ー／ーー・ー・／・・／・ー・・／・・／

ー・ー・・／ー・／ーー

数秒後《すうびょうご》、壁《かべ》の向《む》こう側《がわ》から、ノック音が聞こえてきた。

・ー・・／ーーー／ー・／・・ー・／・・ーー／

・・ー・・／ーーーー／・ー・ー／ー・ー・／ー・・ー・／

ー・ー・・／ー・／

コーディも壁《かべ》をたたきかえす。

・ー・／・ー・ー・／・ー・ーー／

・ー・・／・ー／・ー・ーー／ーー・ーー／・ーー・／ー・／？

やはり、同じメッセージがクインとルークにもとどいていたようだ。

コーディは表情《ひょうじょう》をこわばらせ、ふたたび壁《かべ》をたたいた。

－・／・・／－－－／・－・・／・－・・／・・／

－・－／－・／－－・－・／－・／・・－・／・・－－／

－－・－－／・・－・・／・－－－／

・－－・／－・－－／・－・－－／－・－－・／・－－・／・－・－－／

－－－－／・・－・・／－・／・・／－－／－－・－／。

・－・／・－・－・／・－・－－／・・／－・／・・／・－・－／？

壁《かべ》の向《む》こう側《がわ》からは、しばらくの沈黙《ちんもく》のあと、こんな返事が来た。

－・－／・－・・／・・・／・－・－・／

（答えは解答編《かいとうへん》２４０～２４１ページ）

コーディは、後ろをふり返った。エム・イーは顔をひきつらせ、目をまん丸に見開

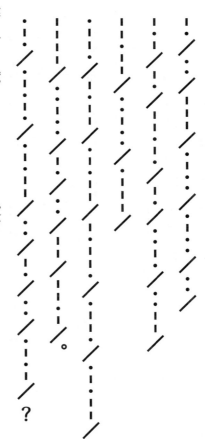

いている。リカが、青ざめた顔で言った。

「ねえ……犯人《はんにん》は、やっぱり蓮《れん》って子じゃないかな。咲良《さくら》と悠人《はると》が、アメリカから来たわたしたちと楽しく遊んでるのが、気に入らないのかも」

「旅行をじゃまするつもりなのかなっ」

エム・イーの言葉に、リカが首を横にふる。

「……送り主は東京にいるらしいけど、さすがに京都までついてくることはないんじゃないかな」

「そうだねっ」

エム・イーが、目をふせてうなずく。

コーディは、夏掛《なつが》けに手をかけた。

「とりあえず、もう寝《ね》よう。それでもし明日、蓮《れん》って子があとをつけてるってわかったら、すぐにリカのお母さんに報告《ほうこく》することにしよう」

リカとエム・イーが、真剣《しんけん》な顔でうなずく。

三人は、ふとんにもぐりこんだ。と、すぐに、コーディの耳に、リカとエム・イーの寝息《ねいき》が聞こえてきた。

（いいなあ。二人とも、こんなに早く眠《ねむ》れちゃうなんて。わたしはだめだ。心配で、今夜は一睡《すい》もできないかも）

コーディは、怪士《あやかし》からのメッセージが気になって、なかなか寝《ね》つけなかった。
＊＊＊

コーディがふと気がつくと、窓《まど》の外はもう明るかった。

（ちゃんと眠《ねむ》れてたんだ、わたし）

スマートフォンが、壁《かべ》ぎわでポロン、と鳴った。ふとんから起き上がったとき、リカとエム・イーのスマートフォンからも、着信音《ちゃくしんおん》が聞こえた。

（また、怪士《あやかし》からのメッセージ!?）

コーディはあわてて、充電器《じゅうでんき》から携帯電話《けいたいでんわ》を取り外した。

画面に目をやると、思ったとおり、暗号がならんでいる。でも、今度はモールス信《しん》

六一・七六・五五゛・四三・二五
六六・三五・五三・五七・一七・四七・一六゛・六七
六三・三一・四三・四五・六七・一二

号《ごう》ではない。漢数字の羅列《られつ》だった。

（答えは解答編《かいとうへん》２４１ページ）


暗号メッセージをながめ、コーディは考えた。

（この暗号、リカが教えてくれた上杉《うえすぎ》暗号に似《に》てるな……）

コーディは、となりにならんだふとんを見た。だんご虫のように丸まって寝《ね》ているエム・イーの横で、リカもおだやかな寝息《ねいき》をたてている。メッセージを送ってきたのがリカでないことは、明らかだ。

コーディは、エム・イーの耳もとで呼《よ》びかけた。

「エム・イー、起きて！」

エム・イーがウーンとうなり、寝《ね》がえりを打つ。

「なあに……？」

「またメッセージが来たよ」

エム・イーが、パチパチっとまばたきをした。勢《いきお》いよく起き上がるなり、コーディに質問《しつもん》を浴《あ》びせる。

「だれから？　どういう内容《ないよう》？　またあのぶきみな能面《のうめん》？」

「ううん。今回はあのお面の画像《がぞう》も、侍《さむらい》の幽霊《ゆうれい》の絵文字もなかった。暗号もいつものとちがうの。リカが教えてくれた上杉《うえすぎ》暗号じゃないかと思うんだけど……」

自分の名前を呼《よ》ばれて反応《はんのう》したリカが、身動きして枕《まくら》から頭を起こし、寝《ね》ぼけまなこでコーディを見た。

「……どうしたの？」

コーディがメッセージについて報告《ほうこく》すると、リカもすぐに起き上がり、エム・イーと二人、さっそくスマートフォンを確認《かくにん》した。思ったとおり、同じメッセージがとどいている。

「ほんとだ……。たぶんこれ、上杉《うえすぎ》暗号ね」

リカがつぶやく。コーディは念《ねん》のため、聞いてみた。

「これ、リカが送ったんじゃないよね？」

リカが、おどろいた顔をして首をふる。

「まさか。わたし、眠《ねむ》ってたもの。だれが送ってきたのか、見当もつかない」

「そうだよね。とにかく、暗号を解読《かいどく》してみよう」

三人はさっそく、暗号の解読《かいどく》に取りかかった。リカがスマートフォンで暗号表を検《けん》索《さく》し、てきぱきと解《と》いていく。

解読《かいどく》したメッセージをながめ、エム・イーが言った。

「ふーん。《京の城《しろ》の暗号》ねえ。でも、前のよりはこわくないねっ」

コーディがうなずく。

「わたしたちが二条城《にじょうじょう》に行くことを知ってる人物からのメッセージってことは、たしかだよね。そしてこの人物は、わたしたちが暗号好《ず》きってことも知ってる。やっぱり、蓮《れん》って子だと思う？」

リカは、肩《かた》をすくめた。

「……そうかもしれない。もしかしたら、いろんな暗号や絵文字を使うのがおもしろくて、やたらとメッセージを送りつけてるだけなのかも」

「あるいは、本当に《京都の城《しろ》》に暗号がかくしてあるのか……」

コーディが言ったとき、ドアのノック音が聞こえた。

リカがドアを開けると、スウェット姿《すがた》のルークと、スターウォーズのロゴ入りパジャマを着たクインが立っていた。二人とも、右手にスマートフォンを持っている。

クインが電話をかかげ、聞いた。

「新しいメッセージ、来た？」

「来たよっ。もう、わけわかんない！」

エム・イーが答えると、ルークがため息をついた。

「朝も早うから迷惑《めいわく》なやつや。いったいどういうつもりなんやろな」

そのとき、リカのお母さんがやってくる足音が聞こえ、五人は会話を中断《ちゅうだん》した。リカのお母さんに知られて、京都行きが取りやめになったりしたら、こまるからだ。

リカのお母さんは、さわやかな声で言った。

「みんな、おはよう。一晩《ひとばん》よく眠《ねむ》れた？」

コーディ、エム・イー、クイン、ルークの四人は、日本式に少しだけ頭を下げ、声をあわせてあいさつした。

「おはようございます！」

「もうすぐ朝ごはんができるわよ。一時間後に、咲良《さくら》ちゃん、悠人《はると》くんと駅で待ち合わせているから、したくをしてね。新幹線《しんかんせん》に乗るのに必要《ひつよう》だから、パスポートもわすれないで」

子どもたちは、すばやく準備《じゅんび》を始めた。交代で洗面所《せんめんじょ》を使い、着がえをし、リュックの中に二泊分《はくぶん》の荷物をつめる。

（京都にも行けるなんて、ワクワクするなあ）

コーディは不気味《ぶきみ》なメッセージのことも一瞬《いっしゅん》わすれ、旅じたくを進めた。

トーストとゆで卵《たまご》、ベーコン、フルーツの朝食を終えると、リカのお母さんは、暗号クラブの五人を連《つ》れ、東京駅に向かった。駅の改札口《かいさつぐち》では、咲良《さくら》と悠人《はると》が待っていた。そばには大学生くらいの青年が立っている。

さっそく咲良《さくら》が、コーディたちに青年を紹介《しょうかい》した。

「うちのお兄ちゃん。圭太《けいた》っていうの」

短く切った黒い髪《かみ》はサラサラで、背《せ》が高く、すっきり整った顔立ちをしている。くりくりとした丸い目が咲良《さくら》と似《に》ているなと、コーディは思った。

「リカちゃん、ひさしぶりだね。みんな、日本にようこそ。京都を楽しんでね。咲良《さくら》、気をつけて行っておいで」

「わざわざ、見送りに来てくれてありがとう、圭太《けいた》くん」

リカのお母さんが言った。

リカが圭太《けいた》に聞く。

「圭太《けいた》さん、これからどこかに行くの？」

「ああ、アルバイトだよ。テレビ局の美術製作部《びじゅつせいさくぶ》で、インターンをしてるんだ」

エム・イーが、がぜん興味《きょうみ》を示《しめ》す。

「テレビ局？　おもしろそうっ。美術製作部《びじゅつせいさくぶ》って、何するところなんですか？」

「番組用の大道具や小道具を作ったり、衣装《いしょう》やメイクを担当《たんとう》したりするんだ。ぼくは大道具監督《かんとく》のアシスタントなんだけどね」

エム・イーが、大きな目をかがやかせる。

「うわあ、かっこいいなあっ。あたしも将来《しょうらい》、衣装《いしょう》とメイク部門で働《はたら》いてみたい！」

圭太《けいた》さんは、手をふって立ち去った。

リカのお母さんと七人は、券売機《けんばいき》にならび、京都行きのキップを買った。改札《かいさつ》をぬけたら、目ざすは新幹線《しんかんせん》のプラットフォームだ。

白地に青い線が入った、シンプルでなめらかな車体を見るなり、クインが歓声《かんせい》をあげる。

「かっこいい！　これが新幹線《しんかんせん》かあ」

「ディズニーランドのモノレールみたいやな」

感想をもらしたルークに、リカのお母さんが言った。

「新幹線《しんかんせん》は、最高《さいこう》時速三百キロメートルで走るのよ」

「それはすごい。バークレーにも新幹線《しんかんせん》、走ってくれんかなあ」

コーディは笑《わら》って言った。

「もしバークレーに新幹線《しんかんせん》が通ってたら、サンフランシスコまで五分で行けちゃうね！」

一行は新幹線《しんかんせん》に乗りこみ、予約《よやく》した座席《ざせき》をさがした。三人掛《が》けの席が二つと、二人掛《が》けの席が一つだ。リカのお母さん、咲良《さくら》、悠人《はると》。コーディ、リカ、エム・イー。クインとルークの三つのグループに分かれて、すわった。

車内は清潔《せいけつ》で居心地《いごこち》がよく、景色《けしき》がよく見える大きな窓《まど》がある。やがて走りだした新幹線《しんかんせん》の窓《まど》からは、ビルや車や人が、どんどん流れ去っていく。ながめているうち、コーディは目がつかれてきてしまった。

目をつぶって、指でマッサージする。ふたたび目を開けると、前の座席《ざせき》から咲良《さくら》と悠人《はると》が顔をのぞかせていた。

「ねえ、わたしたちにも暗号、教えて！」

咲良《さくら》のたのみに、コーディはすぐにうなずいた。

「もちろん！」

コーディは、まず、基本的《きほんてき》な数字転換《てんかん》暗号から説明《せつめい》を始めた。すぐにクインが横から問題を作って、わたす。咲良《さくら》も悠人《はると》ものみこみが早く、あっという間にマスターした。

次にリカが、LEET《リート》を教えた。問題は、ショートメッセージで全員に送る。最初《さいしょ》、咲良《さくら》と悠人《はると》はとまどっていたけれど、ルークやエム・イーにヒントをもらって、なんとか解読《かいどく》した。

```
|= (_) 12 (_) ! |< 3 ¥4
|< 4 vv 4 2 (_) +() 8 ! |< () |v| (_)
|v| ! 2 (_) И () () +()
```

（答えは解答編《かいとうへん》２４２ページ）

メッセージを解読《かいどく》したあと、エム・イーが言った。

「これって俳句《はいく》っ？」

咲良《さくら》がうなずいて言う。

「うん。江戸《えど》時代に松尾芭蕉《まつおばしょう》っていう人がよんだ、有名な俳句《はいく》だよ。でもリカ、どうしてこの俳句《はいく》を暗号メッセージに書いたの？」

「それはね……今、松尾芭蕉《まつおばしょう》について調べてるからなの。このあいだ、忍者《にんじゃ》暗号を作っていたときに知ったんだけど、松《まつ》尾芭蕉《おばしょう》は忍者《にんじゃ》だったかもしれないんだって。日本史上《しじょう》で一番有名な俳人《はいじん》が忍者《にんじゃ》だったとしたら、おもしろいと思わない？」

クインが身を乗り出した。

「それ、すげーおもしろい！」

「俳句《はいく》名人の忍者《にんじゃ》かあっ」

エム・イーも、声をはずませる。

そのあとも、七人はたがいに暗号問題を出しあって遊んだ。

京都駅に着くと、リカのお母さんが立ち上がった。

「このあとは直接《ちょくせつ》、二条城《にじょうじょう》に行くことにしましょう。新幹線《しんかんせん》の中にわすれ物をしないようにね。パスポートはちゃんと持ってる？」

全員、リュックサックの中を確認《かくにん》する。

「はあい！」

コーディたちはリカのお母さんに先導《せんどう》され、バス乗り場に向かった。二条城《にじょうじょう》行きのバスの中は、観光客《かんこうきゃく》風の外国人の姿《すがた》がちらほら目につく。

コーディたちは、窓《まど》から美しい街《まち》なみをながめた。京都の街《まち》は緑豊《ゆた》かで、商店や住宅《じゅうたく》が立ちならぶ通りのところどころに、寺の白壁《しらかべ》や神社の赤い鳥居《とりい》がかいま見える。ついバスをおりて見学したくなるような場所が、いくつもあった。

二十分ほどたったころ、写真で見た二条城《にじょうじょう》の一角がふいに目に飛《と》びこんできて、一行は息をのんだ。

「わあ。写真よりずっと迫力《はくりょく》あるねっ」

エム・イーがため息をもらす。

コーディは、お城《しろ》の光景《こうけい》に目をうばわれていた。二階建《にかいだ》ての白壁《しらかべ》の城《しろ》が、石垣《いしがき》とお堀《ほり》の上にそびえたっている。

「なんてきれいなの……」

思わずつぶやくと、前の席《せき》にすわっているリカのお母さんが、ふり向いて教えてくれた。

「あれは櫓《やぐら》といってね、お城《しろ》を守る見張《みは》り台なの。将軍《しょうぐん》が住んでいた御殿《ごてん》は、このお堀《ほり》の向《む》こう側《がわ》にあるわ」

(見張《みは》り台でも、こんなにりっぱだなんて。御殿《ごてん》を見るのが待ちきれないな)

そう思ったとき、ふと、不気味《ぶきみ》なメッセージのことが、コーディの頭をよぎった。

(蓮《れん》っていう子も、ひょっとして二条城《にじょうじょう》に来てるのかな……)

第7章

一行は二条城《にじょうじょう》の敷地《しきち》に入り、将軍《しょうぐん》が住んでいた御殿《ごてん》へ向かった。

リカのお母さんから、二条城《にじょうじょう》の歴史《れきし》についての説明《せつめい》を受けながら、御殿《ごてん》の前にある門を通りぬける。派手《はで》な彫刻《ちょうこく》で飾《かざ》られた色鮮《あざ》やかな唐門《からもん》の先に見える御殿《ごてん》は、びっくりするほど大きくて、コーディはなんだか、自分がすごく小さくなったように感じた。

(昔、将軍《しょうぐん》に呼《よ》ばれて参上《さんじょう》した家臣《かしん》たちも、同じような気持ちになったのかな)

灰色《はいいろ》のじゃりがしきつめられた広場を横切り、チケットを買うと、二《に》の丸御殿《まるごてん》の前にできた観光客《かんこうきゃく》の列にならんだ。

クインが傾斜《けいしゃ》のある巨大《きょだい》な屋根を見上げながら、リカのお母さんに質問《しつもん》する。

「写真とかで見た日本のお城《しろ》って、白くて五階《かい》建《だ》てくらいはある感じだったけど、このお城《しろ》は一階しかなさそうですね」

「クインが言ってるのは、天主《てんしゅ》と呼《よ》ばれる、城《しろ》の中心となる建物《たてもの》のことね。二条城《にじょうじょう》の天主《てんしゅ》は昔、焼《や》けてなくなったの。今見ているのは御殿《ごてん》で、将軍《しょうぐん》たちが政治《せいじ》をしたり、くらしたりする建物《たてもの》よ」

「へえ、そうだったんですね」

クインは、うなずきながら、チケット売り場でもらった二条城《にじょうじょう》の見取り図を見ている。横から、今度はエム・イーがたずねた。

「家康《いえやす》が、ここに住んでいたんですかっ？」

リカのお母さんがうなずいた。

「ええ。京都に滞在《たいざい》しているあいだはね」

クインが、ふたたび質問《しつもん》する。

「城《しろ》の中には地下通路があるって、前にリカから聞いたんですけど、ほんとですか？」

リカのお母さんは、いたずらっぽく笑《わら》った。

「そういう言い伝《つた》えなら、聞いたことがあるわ。地下道は知恩院《ちおんいん》というお寺までつな

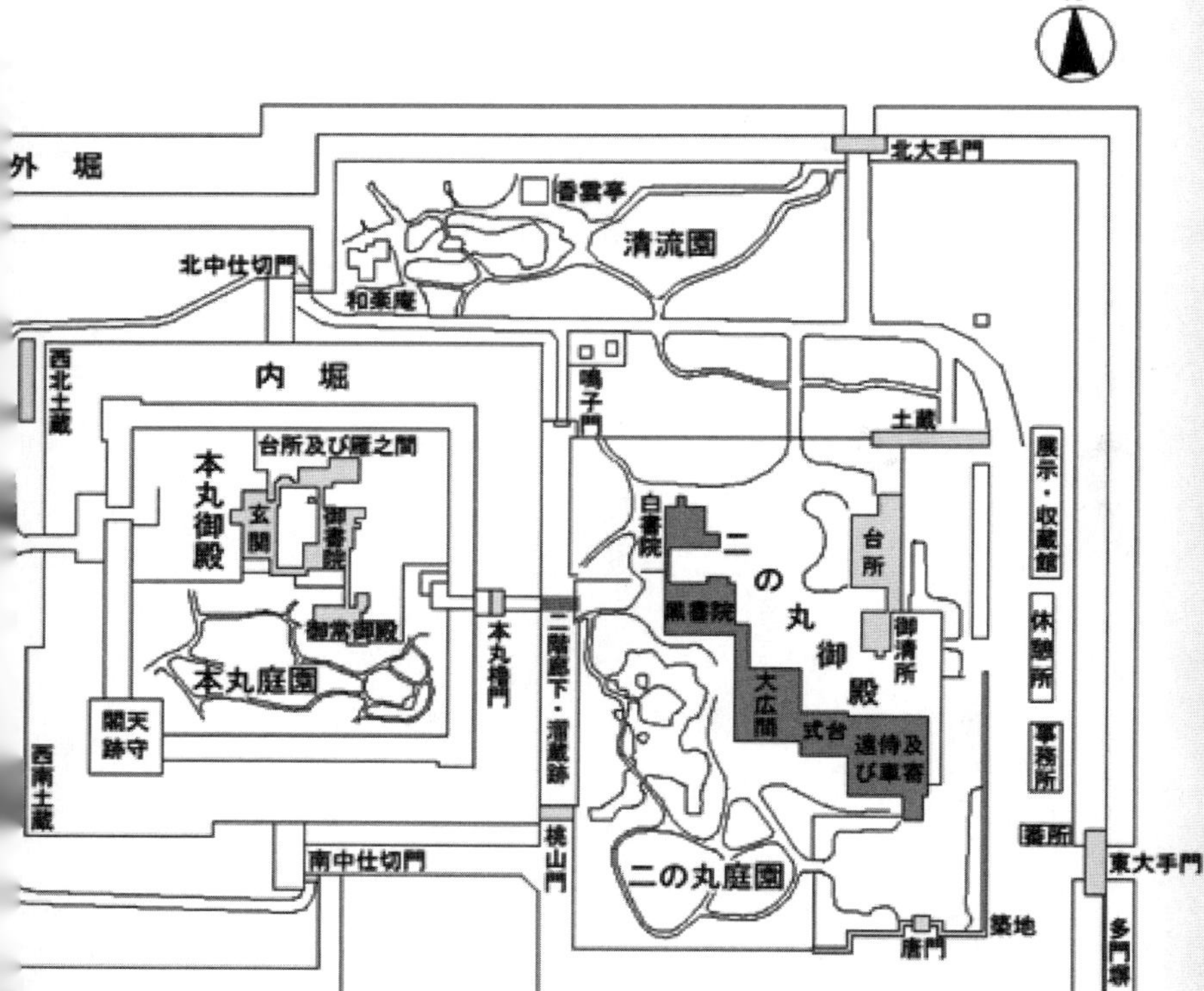

二《に》条城城内《じょうじょうじょうない》図《ず》

がっていて、万一敵《てき》が攻《せ》め入《い》ってきたとき、将軍《しょうぐん》がこっそり逃《に》げられるようになっていたという話よ。実在《じつざい》するのかどうかは、わからないけれどね」

今度はルークが、期待《きたい》に満《み》ちた声で言う。

「忍者《にんじゃ》が使った秘密《ひみつ》部屋や、通路なんかもあるんかな」

「それは、じっさいに見学してからのお楽しみ」

咲良《さくら》と悠人《はると》が意味ありげに顔を見あわせたのに、コーディは気づいた。

（二人は、何かかくしてる……？）

リカのお母さんが、説明《せつめい》をつづける。

「二条城《にじょうじょう》には内堀《うちぼり》と外堀《そとぼり》があって、内堀《うちぼり》の中に本丸御殿《ほんまるごてん》、その外側《そとがわ》に二の丸御殿《ごてん》があるの。ざんねんながら本丸御殿《ごてん》は、火事で焼失《しょうしつ》してしまったのだけれど、二の丸御《ご》殿《てん》のほうは当時のままのこっているから、今からじっくり中を見学しましょう」

御殿《ごてん》に入る順番がやってくると、子どもたちは靴《くつ》をぬぎ、入り口にならんでいる靴《くつ》箱《ばこ》に入れた。茶色いスリッパをはくと、段差《だんさ》を上がり、中に入った。

「さ、みんな、こっちよ」

一行は、リカのお母さんについて見学ルートを進んだ。広い廊下《ろうか》を歩きながら、将軍《しょうぐん》のもとを訪《おとず》れた客人が待つための部屋や、使者を迎《むか》える部屋、将軍の部下が客人と会う部屋と、順番に見ていく。

天井《てんじょう》、壁《かべ》、ふすま、どこも、金色の地に描《えが》かれた華《はな》やかな絵画や、繊細《せんさい》な彫刻《ちょうこく》で飾《かざ》られている。電灯《でんとう》がないので、部屋の中はうす暗く、ちょっとおどろおどろしい雰囲《ふんい》気《き》だと、コーディは思った。

(エム・イーはこわがっていないかな?)

気になってとなりを見ると、エム・イーは熱心《ねっしん》に部屋の中をのぞきこんでいる。

「ねえっ、正面の松《まつ》の木、こっちに向かって飛《と》び出してきそうに見えるよ、ほらっ」

エム・イーが、壁《かべ》に描《か》かれた巨大《きょだい》な松を指さす。

「あ、ほんとだ。立体的《りったいてき》な感じだね」

クインたちを呼《よ》んで見せようと、コーディはふり向いた。そのときだ。大広間の出口近くに立っている人が目に入った。

(あれ……あの人のかっこう!)

黒い着物と袴《はかま》に、肩《かた》の張《は》った赤い陣羽織《じんばおり》を着て、腰《こし》に長い日本刀を差《さ》している。まるで、時代劇《げき》の撮影《さつえい》からぬけ出てきたようなかっこうだ。しかも、お面をつけている。白い顔にこけたほお、みけんにしわをよせ、うらめしそうにこちらをにらむ目——不《ぶ》気味《きみ》なメッセージと同じ、怪士《あやかし》の面だ!

コーディは、そばにいたリカの耳もとでささやいた。

「あれ、見て!」

ところが、リカがふり向いたときにはもう、怪士《あやかし》は姿《すがた》を消していた。

(いない!)

「今わたし、戦《いくさ》の武将《ぶしょう》みたいなかっこうをして、お面をかぶった人を見たの。でも、一瞬《いっしゅん》目をはなしたすきに消えちゃって……」

「ええっ?」

エム・イーもいっしょになって、三人であたりをキョロキョロ見回したが、それら

しい人影《ひとかげ》は、どこにも見えない。

「もしかして、見まちがいだったかも。ごめん」

「……気になるから、わたしも注意してまわりを見るようにするね」

「あたしもっ！」

クインやルークもやってきたところで、リカのお母さんが、《大広間《おおひろま》》の説明《せつめい》を始めた。

「この広間は、大名たちが将軍《しょうぐん》に謁見《えっけん》する、つまりお目にかかるための部屋よ」

大広間を見学し終《お》えると、一行は廊下《ろうか》を歩き、二の丸御殿《ごてん》の奥《おく》に進んだ。曲がり角の多い廊下《ろうか》を歩いているうちに、だんだん自分がどこにいるのか、わからなくなってくる。

リカのお母さんが言った。

「二の丸御殿《ごてん》は、いくつもの建物《たてもの》を廊下《ろうか》でつなげてあるの。廊下《ろうか》が曲がりくねっているので、敵《てき》が侵入《しんにゅう》しても、かんたんには将軍《しょうぐん》のもとまでたどり着けないようになっているのよ」

「へえ、そんなことまで考えて造《つく》ってあるんだ」

「だからこんなおもしろい形をしてるんだね」

七人は、口々に感想を言いながら廊下《ろうか》を歩いた。

（ひょっとして、この辺《へん》に秘密《ひみつ》の通路の入り口なんかもあったりして……）

コーディは廊下《ろうか》の床《ゆか》や壁《かべ》、天井《てんじょう》をキョロキョロ見回した。だがもちろん、秘密《ひみつ》の通路の入り口らしきものは、どこにも見当たらない。

次の間に足をふみ入れると、そこはさっきの大広間より、少し小さい部屋だった。《黒書院《くろしょいん》》と呼《よ》ばれ、将軍《しょうぐん》が親しい大名と話しあいをしたところだそうだ。金色の壁《かべ》やふすまには、松や桜《さくら》の木、山河《さんが》などの風景《ふうけい》、天井《てんじょう》には、鮮《あざ》やかな色で美しい文様《もんよう》が描《えが》かれている。

「きれい……。キンキラキンなのに落ち着いた感じ。センスいいよねっ」

エム・イーが、部屋をながめてため息をもらした。

見学を終《お》えると、リカのお母さんは先頭に立ち、御殿《ごてん》のさらに奥《おく》へと廊下《ろうか》を進んだ。

そのあとをついて歩くうち、廊下《ろうか》の床《ゆか》が、キュン、キュン、ときしむのに気づいた。

「この音、おもしろいな」

ルークが、コーディの後ろを歩きながらつぶやく。

さらに後ろを歩くクインが、おどけた口調《くちょう》で言った。

「まさか、床板《ゆかいた》がくさってるとかじゃないよな。とつぜん床《ゆか》がぬけて、暗い地下牢《ちかろう》みたいなところに落っこちたりして……」

「やだっ、こわいこと言わないでよ！」

エム・イーが顔をしかめると、リカのお母さんが後ろを向き、ほほ笑《え》んだ。

「みんなが気づいたとおり、この廊下《ろうか》は歩くと音が鳴るの。でも、もちろんくさっているわけじゃないわ。《うぐいす張《ば》り》と言ってね、ふみしめたときに、小鳥が鳴いているような音が出るの。敵《てき》が忍《しの》び入《い》ったとしても、この廊下《ろうか》を通るときに、侵入《しんにゅう》したことがわかるようにとくべつに設計《せっけい》されたという説と、建《た》ててから時間がたったことで、自然に音が出るようになったという説があるのよ」

クインが顔をかがやかせた。

「とくべつな設計《せっけい》だとしたら、すごい技術《ぎじゅつ》ですね。昔のセキュリティシステムってことか。警報《けいほう》ベルの代わりに床《ゆか》が鳴るなんて、おもしろいな」

ルークが言う。

「暗号クラブの部室にも、そんなしかけば、取り入れられたらええな」

リカのお母さんは、ほほ笑《え》みながら首を横にふった。

「ざんねんながら、当時の技術《ぎじゅつ》は失《うしな》われてしまって、同じような床《ゆか》を今造《つく》ることはむずかしいみたいね」

暗号クラブと咲良《さくら》、悠人《はると》の七人は、音を鳴らさないように歩けるかどうか、実験《じっけん》してみた。でも、どこをどうふんでも、かならずキュン、と床《ゆか》が鳴く。

みんなでひとしきり床《ゆか》をふみ鳴らしたあと、クインが言った。

「リカのお母さんって、二条城《にじょうじょう》のこと、ほんと、なんでも知ってるんですね」

リカのお母さんがうれしそうに笑《わら》う。

「そりゃあそうよ。京都育ちで、二条城《にじょうじょう》には小さいころから何度も来ているんだもの。前にも言ったけれど、若《わか》いころは、ここでガイドとして働《はたら》いていたほど、好《す》きな場所なの。なんでも聞いてね。さ、次の部屋へ行きましょう」

一行は、リカのお母さんについて、歩きだした。

行列の最後尾《さいこうび》にいたコーディは歩きだしてすぐ、はっとして立ちどまった。後ろのほうで、キュン、という音が聞こえた気がしたのだ。

(ひょっとして、さっきの怪士《あやかし》?)

すばやくふり返る。が、だれもいない。

コーディは、あわててみんなのあとを追いかけ、廊下《ろうか》の先の《白書院《しろしょいん》》に足をふみ入れた。すでにリカのお母さんが、説明《せつめい》を始めている。

「ここは、二の丸御殿《ごてん》の中でも、一番奥《おく》まった場所にある部屋で、将軍《しょうぐん》が寝起《ねお》きするプライベートな空間だったの。だからこの部屋に入ることをゆるされたのは、とくべつな人だけ。将軍《しょうぐん》は、あの一段《いちだん》高い場所にすわって、部屋を訪《おとず》れる客をむかえたのよ」

コーディは、部屋の中を見回した。絢爛豪華《けんらんごうか》だった大広間や黒書院とはちがって、白書院はぐっと地味だ。そのぶん、くつろげそうな雰囲気《ふんいき》になっている。

リカのお母さんが、一段《いちだん》高くなった場所の脇《わき》にある壁《かべ》を指さした。

「あれを見て。あそこの壁《かべ》に、埋《う》めこみ式の物入れみたいな物があるでしょう?」

コーディたちは目をこらした。美しい山水画《さんすいが》が描《えが》かれた壁《かべ》には、たしかに、黒い枠《わく》で区切られた、扉《とびら》のような物が見える。

リカのお母さんが、説明《せつめい》をつづける。

「あの扉《とびら》の向こうは、《張台《はりだい》の間《ま》》といって、護衛《ごえい》の者のひかえ室になっているの。たとえば敵《てき》が御殿《ごてん》に侵入《しんにゅう》し、将軍《しょうぐん》がいる奥《おく》の間まで来たりしたときにすぐに出てきて戦《たたか》い、将軍《しょうぐん》を守るようになっているのよ」

「この御殿《ごてん》には、しかけがいっぱいあるんだ……」

コーディはつぶやき、白書院の四すみを見回した。と、そのとき——

コーディは、はっとした。

怪士《あやかし》のお面をつけた人物が、入り口近くに立っていたのだ。

「あそこ、見て！」

小声でささやき、エム・イーをひじでつつく。リカのお母さんの説明《せつめい》をじゃましないように、指文字で伝《つた》えた。

！

エム・イーが、コーディが指さしたほうを見て、まゆをひそめる。

？

コーディは、入り口をふり返った。

怪士《あやかし》の姿《すがた》は、またしてもかき消えていた！

？

（答えは解答編《かいとうへん》２４２～２４３ページ）

エム・イーが首を横にふる。

その後、一行は御殿《ごてん》を出て、清流園《せいりゅうえん》という庭園へ向かった。

「清流園《せいりゅうえん》には、庭を見ながら、抹茶《まっちゃ》とお菓子《かし》をいただける場所があるの」

リカのお母さんの説明《せつめい》にうなずきながら、コーディはもう一度、後ろをふり返った。

怪士《あやかし》の姿《すがた》は、どこにも見えない。

（でも、二回も見たんだから、見まちがいってことはないよね……？　あの人はいったい、なんなの？）

コーディはこわくなって、ぶるぶるっと頭をふった。次に見かけたときは、リカのお母さんにも言おうと、コーディは心に決めた。

清流園《せいりゅうえん》の門を入ると、リカのお母さんが言った。

「ここには、桜《さくら》の木が百本植えられているの。春になると、庭一面が桜色《さくら》になって、それは美しいのよ」

一同が、大きな池に灯籠《とうろう》や石橋、ふしぎな形の岩が点在《てんざい》する庭をながめる。エム・イーが、思い出したように言った。

「ワシントンＤＣ《ディー・シー》の桜《さくら》もきれいでしたよね、リカのお母さんっ」

「ほんと。そうだったわね」

リカのお母さんが、にっこりほほ笑《え》む。

庭の散策《さんさく》が終《お》わると、リカのお母さんが、庭園の脇《わき》にある、こぢんまりした建物《たてもの》に足を向けた。

「さあ、お抹茶《まっちゃ》をいただきに行きましょう」

「はい！」

返事をしながらも、コーディはちょっと心配になった。

（お抹茶《まっちゃ》って、苦《にが》いんじゃなかったっけ……？）

天井《てんじょう》の低《ひく》い、小さな建物《たてもの》に入る前に、リカのお母さんが、飲み方について説明《せつめい》した。

「ここでは、正式な茶道《さどう》の知識《ちしき》はいっさい必要《ひつよう》ないわ。でも、お抹茶《まっちゃ》をいただくときは、心を落ち着けて、静《しず》かにね」

子どもたちは、だまってうなずいた。玄関《げんかん》で靴《くつ》をぬぎ、靴箱《くつばこ》に入れたあと、廊下《ろうか》を通って奥《おく》の畳《たたみ》の間《ま》へあがる。縁側《えんがわ》からは、さっき見た美しい日本庭園の風景《ふうけい》が広がっていた。

着物を着た女性《じょせい》店員が、人数分のお盆《ぼん》を持ってやってきた。小さなお盆《ぼん》の上には、上品なあわい水色の和菓子《わがし》と、お抹茶《まっちゃ》がのっている。

「うわあ、きれい！」

エム・イーが、うっとりとお盆《ぼん》を見つめた。

先にお菓子《かし》を食べたあと、コーディはお茶わんに顔を近づけ、抹茶《まっちゃ》の香《かお》りをすいこんだ。とてもいいにおいだ。泡立《あわだ》つ緑の液体《えきたい》を、ひと口すする。

(思ってたより、ずっとおいしい!)

白あんの上品な甘《あま》さに、まろやかな苦味《にがみ》がよく合う。だれもが静《しず》かにお茶をいただき、庭園の景色《けしき》を楽しんだ。

全員がお茶を飲《の》み終《お》わると、店員のおばさんが、もう一度お盆《ぼん》を持ってやってきた。お皿の上には、茶色い三日月形のお菓子《かし》が七つ、のっている。

「ただいま期間限定《げんてい》で、お客様に辻占《つじうら》せんべいを差《さ》し上《あ》げています。お気にめしましたらぜひ、売店でお買い求《もと》めください」

そう言うと、おばさんは軽くおじぎをして、レジのほうへ行った。

リカが、お母さんに聞く。

「お母さん……辻占《つじうら》せんべいって何?」

「占《うらな》いつきのおせんべいのことよ。おせんべいが曲がったすきまに、細長い紙がはさんであるでしょう? これがおみくじなの」

リカのお母さんが、辻占《つじうら》せんべいを指さして説明《せつめい》する。と、クインがひざを打った。

「フォーチュンクッキーと同じじゃん!」

「フォーチュンクッキーって?」

咲良《さくら》が首をかしげる。クインが説明《せつめい》した。

「アメリカでは、中華街《ちゅうかがい》のレストランなんかでよく出されるお菓子《かし》のことだよ。形も色も、このせんべいにそっくりなんだ。といっても、おみくじは外側《そとがわ》にはさんであるんじゃなくて、中の空洞《くうどう》部分に入ってるんだけどね」

リカのお母さんが、にっこり笑《わら》ってつけ加《くわ》える。

「じつはね、アメリカのフォーチュンクッキーは、もともと、この辻占《つじうら》せんべいが、サンフランシスコの見本市で紹介《しょうかい》されたのが始まりなのよ。今ではすっかり、中華《ちゅうか》レストランの名物みたいになっているけれどね」

「そうだったのかあ」

クインは、納得《なっとく》した表情《ひょうじょう》でうなずいた。

「さあ、めしあがれ。占《うらな》いにいいことが書いてあるといいわね」

子どもたちはさっそく、それぞれの辻占《つじうら》せんべいを手に取り、真ん中のすきまからおみくじを引っぱり出した。

「えっ！」

最初《さいしょ》に読んだリカが、小さく声をあげて、顔をこわばらせた。

暗号クラブへ
お前たちは　ねらわれている
二条城《にじょうじょう》の怪士《あやかし》

コーディ、エム・イー、クイン、ルークのおみくじにも、同じことが書かれていた。

しばらくのあいだ、五人はぽかんと口を開け、メッセージを見つめていた。

長い沈黙《ちんもく》をやぶり、コーディがつぶやく。

「ねらわれてるって、どういう意味？」

悠人《はると》と咲良《さくら》が、不安《ふあん》げな顔で肩《かた》をすくめてみせる。

リカは、とほうにくれたように首を横にふった。

「……いったい、だれがこんなことを……」

となりあわせた観光客《かんこうきゃく》と話しこんでいたリカのお母さんが、子どもたちのようすがおかしいことに気づいて、たずねた。

「みんな、どうかしたの？」

しまったと、コーディは思った。

でも、ばれてしまったら、正直《しょうじき》に話すしかない。

リカは仲間《なかま》と顔を見あわせたあと、うなずいてお母さんの顔を見た。覚悟《かくご》を決めたように深呼吸《しんこきゅう》してから、旅行前から不気味《ぶきみ》なメッセージが何度もとどいていることを、お母さんに報告《ほうこく》する。話を聞くうち、リカのお母さんのみけんには、深いしわがよっていった。

リカのお母さんは、急いで店の奥《おく》に行くと、店のおばさんを呼《よ》んだ。さっきの辻占《つじうら》せんべいが、どこから来たのかたずねる。

「はあ。あれは、キャンペーンを展開《てんかい》している菓子《かし》店からとどけられた、ふくろづめのせんべいですが……」

おばさんは、おどろいた顔で質問《しつもん》に答えた。

「外部の人間が、キッチンに入ったりしませんでしたか？」

「いいえ。そんなことはないと思いますが……。何しろ一人で切りもりしているもので、わたしがおざしきにいるあいだに、だれかがキッチンに入ったのかもしれません」

おばさんが、すまなさそうな顔で答える。

コーディが聞いた。

「あの、戦国武将《せんごくぶしょう》みたいなかっこうをした人を見かけませんでしたか？」

リカが通訳《つうやく》する。おばさんは、はっとした顔でうなずいた。

「ついさっき、能面《のうめん》をかぶった袴姿《はかますがた》の男が、玄関前《げんかんまえ》でうろうろしてるのを見かけました。コスプレ好《ず》きな観光客《かんこうきゃく》だろうと思って、とくに気にもとめなかったんですけど……ほんの五分くらい前のことです」

話を聞いていたコーディは、手をパチンとたたいた。

「やっぱり！　わたしが二の丸御殿《ごてん》で見かけた怪士《あやかし》は、本当にいたんだ。メッセージの差出人《さしだしにん》は、怪士《あやかし》の仮面《かめん》をかぶった人物よ」

直後、コーディのポケットの中のスマートフォンが、ブルル、とふるえた。ほかのみんなも、スマートフォンをいっせいに取り出す。

またしても、怪士《あやかし》からのメッセージだ。

「うわっ、漢字だらけっ」

エム・イーが言うと、となりで咲良《さくら》が顔をしかめた。

「何これ。意味わかんない」

悠人《はると》が首をかしげる。

「苗字《みょうじ》がならんでるだけだよな」

リカが、画面をじっと見つめながら、つぶやいた。

「これって……たぶん、わたしが作った忍者《にんじゃ》暗号の、名字部分だけを使った暗号メッセージだと思う」

「忍者《にんじゃ》暗号？」

悠人《はると》が、ポカンとした顔でたずねる。

由利《ゆり》／根津《ねづ》／篠山《ささやま》／伴《とも》　望月《もちづき》／伴《とも》　果心《かしん》／伴《とも》／高坂《こうさか》／間宮《まみや》、
柳生《やぎゅう》／根津《ねづ》／小笠原《おがさわら》／山本／柳生《やぎゅう》／伴《とも》／一／果心《かしん》／伴《とも》　望月《もちづき》／伴《とも》
猿飛《さるとび》／間宮《まみや》／果心《かしん》／山本／高坂《こうさか》／筧《かけい》／唐沢《からさわ》／伴《とも》

果心《かしん》／筧《かけい》／伴《とも》／高坂《こうさか》／山本／霧隠《きりがくれ》／筧《かけい》／由利《ゆり》／間宮《まみや》
由利《ゆり》／根津《ねづ》／霧隠《きりがくれ》／根津《ねづ》／由利《ゆり》／根津《ねづ》／間宮《まみや》
山本／果心《かしん》／間宮《まみや》／由利《ゆり》／間宮《まみや》。

「ちょっと待ってて」
リカがスマートフォンを操作《そうさ》し、さっそく解読《かいどく》を始めた。

（答えは解答編《かいとうへん》２４３ページ）


解読《かいどく》し終えたリカの顔を、咲良《さくら》がうたがわしそうに見る。

「ねえリカ。この暗号、リカが作ったって言ったよね？　ってことは、このメッセージを書いたの、リカなんじゃないの？」

「……まさか……たしかにこの暗号を作ったのはわたしだけど、これを書いて送ったのは、わたしじゃない！」

リカは、怒《いか》りで顔を赤くしている。クインがとりなすように言った。

「リカが作った忍者暗号《にんじゃあんごう》は、おれたちの暗号ノートにも写してある。犯人《はんにん》がだれかのノートを盗《ぬす》み見《み》た可能性《かのうせい》もあるぜ」

咲良《さくら》が無言《むごん》で、悠人《はると》と目を合わせた。それから、だまって下を向いた。

(なんなんだろう？　ひょっとして、メッセージの送り主に関《かん》して、思い当たることがあるとか？)

コーディが二人の表情《ひょうじょう》を観察《かんさつ》していると、ルークが口を開いた。

「なあ、みんな。リュックの中身、確認《かくにん》したほうがええんやないか？　さっきすわったとき、テーブルの横にまとめて積み上げたまんま、しばらくだれもそっちのほう、見てなかったよな。暗号ノートが取られとったら、たいへんや。それに、メッセージにはパスポートがどうのこうのって、書いてあったやろ？」

エム・イーが、ぎょっとした顔で言う。

「げっ。ひょっとして、パスポートが盗《ぬす》まれてるとか!?」

「早く、見てみよう！」

クインのひと声で、七人は大急ぎで席《せき》を立ち、自分のリュックを取りにいった。いきなり、ルークがするどい声をあげる。

「見てみい、おれのリュック、チャックが開いとる！」

クインも自分のリュックを持ち上げた。

「オレのも開いてる」

「あたしのもっ！」

「わたしのもだ……」

エム・イーとコーディの声がつづいた。

コーディはリュックの中に手をつっこみ、中身を確認《かくにん》した。着がえや洗面《せんめん》用具、暗号ノートはぶじだ。だが、内ポケットに入れておいたはずのパスポートがない。

クイン、ルーク、エム・イーも同じだった。

何者かが、四人のパスポートを盗《ぬす》んだのだ！

コーディの全身から、血の気が引いた。

「パスポートがなかったら、アメリカに帰れないよ！」

(怪士《あやかし》のしわざだ！)

第8章

「どうしようっ。あたしたちのパスポートが……」

エム・イーが、ぼうぜんとしてつぶやいた。

コーディは、助けをあおぐように、みんなの顔を見回した。そのとき、咲良《さくら》と悠人《はると》が、すばやく視線《しせん》を交わすのが見えた。

（さっきからこの二人、ようすがおかしい。ぜったい、何かかくしてるはず！）

コーディは二人に向き直ると、けわしい表情《ひょうじょう》で聞いた。

「咲良《さくら》、悠人《はると》。怪士《あやかし》と名乗る人物のこと、何か知ってるんじゃない？」

咲良《さくら》が、気まずそうに下を向く。悠人《はると》はそんな咲良《さくら》の顔をちらりと見て、ため息をついた。

「もういいよ。ほんとのこと話そう、咲良《さくら》」

リカがまゆをひそめ、幼《おさな》なじみの二人を見た。

「もしかして……このメッセージを送ったの、咲良《さくら》と悠人《はると》なの？」

咲良《さくら》がぶんぶんと首を横にふった。

「ちがうよ！　怪士《あやかし》からのメッセージは、あたしたちじゃない！」

悠人《はると》がせきばらいしてから、観念《かんねん》したように口を開く。

「えっと、咲良《さくら》が言いたいのは……ぼくたちが、暗号クラブのみんなにメッセージをいくつか送ったのはたしかなんだ。暗号クラブに、日本旅行を楽しんでもらおうと思ってさ。でも、とちゅうから、何者かがぼくたちになりすまして、勝手に暗号を送り始めた。いったいどういうことなのか、ぼくたちにもわからなくて……」

リカのお母さんが、きびしい表情《ひょうじょう》で悠人《はると》と咲良《さくら》を見すえる。

「四人のパスポートを盗《ぬす》んだのは、あなたたちなの？」

「いいえ、ちがいます！」

二人が同時に言う。

「だとしたら……犯人《はんにん》は、蓮《れん》って子なんじゃないのかな」

リカがつぶやく。咲良《さくら》がコクリとうなずいた。

「うん。あたしもそう思う。蓮《れん》って、侍《さむらい》とか忍者《にんじゃ》とか好《す》きなんだよね。前に、侍《さむらい》の扮装《ふんそう》で登校して、先生に怒《おこ》られたこともあったし」

コーディが言う。

「じゃあ、怪士《あやかし》の変装《へんそう》も、いかにもやりそうだね」

ルークが頭をかく。

「パスポートを盗《ぬす》んだんが蓮《れん》やとして、どうやって取り返せばええんやろ？」

エム・イーが、不安《ふあん》げにつぶやいた。

「もし取り返せなかったら、あたしたち、ずっと日本にいることになるのかなっ」

リカのお母さんが首を横にふる。

「いいえ。アメリカにはちゃんと帰れるから、だいじょうぶよ。でも、パスポートの再発行《さいはっこう》をするには、めんどうな手つづきが必要《ひつよう》で、時間もかかるわね」

「まさか、新学期に間に合わなかったりして……？」

コーディは、ぞっとした。

エム・イーが、こまり顔で腕組《うでぐ》みする。

「うちのママとパパ、怒《おこ》るだろうなあ」

コーディは少しのあいだ考えこんだあと、はたと顔を上げた。

「ねえ、メッセージには、『謎《なぞ》を解《と》いたらパスポートが見つかる』って、書いてあったんだよね？」

リカ、咲良《さくら》、悠人《はると》がうなずく。

クインが首をかしげる。

「でも、《謎《なぞ》》ってなんのことだ？」

コーディは自分のリュックサックをつかみ上げ、一つひとつ中身を出していった。

ほとんど出しきり、リュックの底《そこ》に手をのばしたとき、固《かた》くて細い物が指にふれた。

取り出してみると、それは扇子《せんす》だった。

「なんだろう、この扇子《せんす》。だれか、これをわたしのリュックに入れた人いる？」

みんなが、いっせいに首を横にふる。

「ほかのみんなのリュックには、何か入ってない？」

さっそくみんな調べたが、着がえとお菓子《かし》と暗号ノート以外《いがい》、何も入っていない。

「何者かが、これを入れたってわけね」

コーディは扇子《せんす》を開いてみた。一見、でたらめな文字がならんでいる。

（リカのおじいちゃんが教えてくれた、扇子《せんす》暗号……？）

コーディは、リカに扇子《せんす》をわたした。

リカが扇子《せんす》をななめにかたむけ、一文字ずつ飛《と》ばして読める角度まで、開き具合を調節《ちょうせつ》する。片側《かたがわ》を読んでから、手首を回し、もう片側《かたがわ》も読みあげた。


（答えは解答編《かいとうへん》２４３ページ）

「これ、どういう意味？」

きょとんとしている子どもたちの横で、リカのお母さんが声をあげた。

「武者隠《むしゃがく》しというのは、秘密《ひみつ》の見張《みは》り部屋のことよ」

「秘密《ひみつ》の見張《みは》り部屋？」

ルークがオウム返しに言う。

「それって、さっき白書院で見た、張台《はりだい》の間《ま》のことですか？」と、クイン。

リカのお母さんは、考え考え、答えた。

「あそこもたしかに武者隠《むしゃがく》しではあるけれど……でも、白書院の張台《はりだい》の間《ま》に勝手に立ち入るのは、不可能《ふかのう》だと思うわ。入ろうとする人がいたら、白書院の監視員《かんしいん》に、『ここは公開されていません』と、とめられるはずだから」

リカのお母さんはそう言うと、人差《ひとさ》し指をくちびるに当て、しばらく考えこんだ。

「……じつは、二条城《にじょうじょう》には、一般公開《いっぱんこうかい》されていない部屋がいくつかあるの。昔ガイドをしていたとき、とくべつに見せてもらったことがあるのだけど、そのうちの一つの部屋に、武者隠《むしゃがく》しがあったわ。建物《たてもの》の端《はし》にある目立たない部屋だから、係員の目を盗《ぬす》んで入りこむことは、むずかしくないはずよ。もっとも、犯人《はんにん》がその武者隠《むしゃがく》しの存《そん》在《ざい》を知っているかどうかは、わからないけれど。とにかく、確認《かくにん》してみましょうか？」

七人の子どもたちは、力強くうなずいた。

一行は清流園《せいりゅうえん》を出て、二の丸御殿《ごてん》にもどった。

入り口で靴《くつ》をぬいで、ふたたび二の丸御殿《ごてん》に足をふみ入れる。

リカのお母さんが先頭に立って廊下《ろうか》を進み、御殿《ごてん》の奥《おく》に向かった。廊下《ろうか》の角を何度か曲がったあと、リカのお母さんは、制服《せいふく》を着た係員を呼《よ》びとめ、何か話しかけた。係員は、手にしたトランシーバで事務局《じむきょく》と連絡《れんらく》を取りあったあと、一行を手まねきし、歩きだした。「関係者以外《かんけいしゃいがい》立ち入り禁止《きんし》」という札《ふだ》が下がった、赤いロープの内側《うちがわ》に通される。

リカのお母さんが、歩きながら説明《せつめい》した。

「今向かっている部屋はね、室内の状態《じょうたい》が傷《いた》んでいたために、長いこと非公開《ひこうかい》にされている広間なの。でも、長年にわたる改修《かいしゅう》工事のあと、最近《さいきん》ようやく、江戸《えど》時代当時の姿《すがた》がよみがえったのよ。もうすぐ一般《いっぱん》にも公開される予定なんですって」

廊下《ろうか》のつき当たりまでやってくると、係員が部屋のふすまを開けた。壁《かべ》一面に描《えが》かれた豪華《ごうか》な絵が、目に飛《と》びこんでくる。向かって右側《みぎがわ》の壁《かべ》には、白書院で見たような、黒い縁《ふち》どりのある扉《とびら》が見える。

(あのふすまの向こうに、張台《はりだい》の間《ま》があるのかな)

二条城《にじょうじょう》の係員は、リカのお母さんにひと言、ふた言ささやくと、笑顔《えがお》で一礼《いちれい》し、部屋を出ていった。

「リカのお母さん、すごいな。関係者《かんけいしゃ》しか入れない場所に、こんなにかんたんに立ち入りがゆるされるなんて」

クインがつぶやくと、リカのお母さんが笑《わら》った。

「今の人は、わたしがここで働《はたら》いていたときの同僚《どうりょう》なの。事情《じじょう》を話したら、事務所《じむしょ》に連絡《れんらく》して、とくべつに許可《きょか》してくれたわ。さあ、みんなこっちに来て」

リカのお母さんは手まねきすると、部屋をななめにつっきり、張台《はりだい》の間《ま》につづく扉《とびら》を引き開けた。扉《とびら》の向こうには、畳《たたみ》二畳分《じょうぶん》ほどの長方形の小部屋があった。窓《まど》がない押入《おしい》れのような部屋なので、中は暗い。

コーディは張台《はりだい》の間《ま》のすみずみにまで目を走らせ、言った。

「パスポートなんて、どこにもないみたいだけど……」

みんながうなずく。

「ちょっと待って」

リカのお母さんは、張台《はりだい》の間《ま》に一歩足をふみ入れ、上を見た。背《せ》のびして、頭上に見える木の棚《たな》を下から押《お》す。と、棚《たな》の右端《みぎはし》が外れて床《ゆか》まで下がり、階段《かいだん》が現《あらわ》れた。

「うわっ、なにこれ！」

エム・イーが、目をまん丸にする。

「忍者屋敷《にんじゃやしき》みたいや！」

ルークが顔をかがやかせた。

「これは吊《つ》り階段《かいだん》といってね、棚《たな》に見せかけた、二階への連絡口《れんらくぐち》なの。警備《けいび》や忍《しの》びの者が、姿《すがた》を見られないように行き来する階段《かいだん》として使われていたんですって。はばがせまくて急だから、気をつけて上ってね。天井裏《てんじょううら》の部屋は、下の広間のようすを偵《てい》察《さつ》する見張《みは》り部屋になっているわ。つまり、武者隠《むしゃがく》しは上にもあるっていうわけ。さあ、一列になって上って」

リカのお母さんがうながす。

子どもたちは一人ずつ、リカのお母さんの前を通りすぎ、階段《かいだん》を上りはじめた。

「気分は本物の忍者《にんじゃ》だよな」

クインがルークの後ろにならび、声をはずませる。

でも、上りながら、コーディはふしぎだった。怪士《あやかし》を名乗る人物は、パスポートをかくすために、こんなところまで忍《しの》びこんだのだろうか。もし蓮《れん》という子が犯人《はんにん》なら、こんな場所のことを、どうやって知ったのだろう。

階段《かいだん》を上りきると、そこは天井《てんじょう》の低《ひく》い、大きな空っぽの空間だった。畳《たたみ》がしかれ、壁《かべ》には掛《か》け軸《じく》がかかっている。掛《か》け軸《じく》の下には、丈《たけ》が高く奥行《おくゆ》きのせまい置《お》き床《どこ》があった。

ひととおり部屋の中を見回ったが、リカのお母さんは上ってこない。

コーディが、吊《つ》り階段《かいだん》の入り口から身を乗り出し、呼《よ》びかける。

「リカのお母さん！　上ってこないんですか？」

と、下から声がとどいた。

「ごめんなさい。今夜泊《と》めてもらうことになっている親せきから、メッセージが来て……。緊急《きんきゅう》の用事らしいから、電話をかけてくるわ。ここだと電波《でんぱ》が入りづらいから、廊下《ろうか》に出るわね。すぐにもどるから、上で待っていてくれる？」

「わかりました！」

リカのお母さんを待つあいだ、七人は見張《みは》り部屋をじっくり見て回った。

「何百年も前に、忍《しの》びの者がこの部屋にひそんでたち、考えると、なんやふしぎな気分になるなあ」

ルークがしみじみ言うと、リカがうなずいた。

「この部屋で、下のようすをずっと見張《みは》ってたんだね……。将軍《しょうぐん》が危害《きがい》を加《くわ》えられそうになったら、すぐに飛《と》び出していけるように」

「将軍《しょうぐん》とか大統領《だいとうりょう》って、暗殺《あんさつ》にもそなえなきゃいけないから、たいへんだよな」

クインがつぶやき、部屋の四隅《よすみ》に開いた四角い穴《あな》から階下をのぞいた。下から見ると、太陽光を取り入れるための明かり取りにしか見えないけれど、上から見ると、のぞき穴《あな》になっているのだ。

コーディは見張《みは》り部屋の中を歩き回った。ねんのため、置《お》き床《どこ》の戸も開けてみる。中は空っぽだ。

「ねえ、メッセージに書いてあった武者隠《むしゃがく》しって、ここじゃないんじゃないかな」

「パスポートじゃなくて、何か別《べつ》の手がかりがかくしてあるのかもよ?」

咲良《さくら》が、あたりを見回しながら言う。

ほかのみんなも、手分けして部屋の中をさがしはじめた。でも、秘密《ひみつ》のメッセージらしき物はどこにもない。あるのは、床《とこ》の間に飾《かざ》られた掛《か》け軸《じく》だけだ。

「ねえ、あれ、なんて書いてあるのかなっ?」

エム・イーが聞く。

リカが、掛《か》け軸《じく》に書かれた字を読みあげた。自然《しぜん》をよんだ短歌か何からしい。暗号ではなさそうだ。そのときコーディは、部屋のすみで妙《みょう》な物を見つけた。

「みんな来て!　ここに何かある」

畳《たたみ》と畳《たたみ》のすき間に、紙がはさまっている。引っぱり出し、開いてみた。

「暗号メッセージだ!」

(答えは解答編《かいとうへん》244ページ)

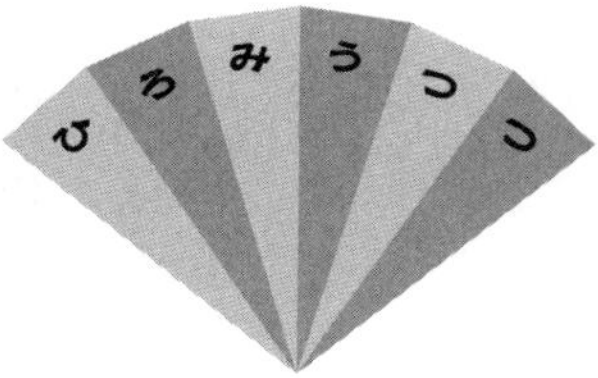

「扇子《せんす》暗号やな」

ルークが言うと、クインがうなずいた。

「ああ。これって、秘密《ひみつ》の通路をさがせってことか？　この部屋に入り口があるのかな」

エム・イーが、不安《ふあん》そうな表情《ひょうじょう》で首を横にふる。

「さあ。わかんないけど、リカのお母さんが来るまで待ったほうがいいと思うよっ」

リカが肩《かた》をすくめた。

「でも……通路の入り口をさがすくらいなら、問題ないんじゃないかな。……お母さんもすぐに来るはずだし」

「よし、さがそうぜ」とクイン。

みんなが天井《てんじょう》や壁《かべ》をキョロキョロ見回す。リカが、つぶやくように言った。

「……《灯台《とうだい》もと暗し》って言うけど……」

「それってどーゆー意味？」

エム・イーが聞く。

「……日本のことわざ。かくれている物は、あんがい近くにあるっていう意味なの」

「なるほどっ」

エム・イーは腕《うで》を組み、じっと考えこんだ。しばらくして、部屋の一点に目を向け、大声をあげる。

「わかったっ！」

エム・イーが掛《か》け軸《じく》のほうへすたすたと歩いていき、掛《か》け軸《じく》をさっとどけた。

何もない。

「あちゃあ、ちがった。掛《か》け軸《じく》の後ろに穴《あな》が開いてるのかと思ったんだけどなっ」

エム・イーが、ペロリと舌《した》を出して言う。

「……ちょっと待って。わたし、わかったかも！」

ふいにリカが声をはずませた。エム・イーのとなりまで歩いていき、しゃがみこむ。

「どうしたの、リカ？」

咲良《さくら》がふしぎそうな顔で聞いた。答える代《か》わりに、リカは置《お》き床《どこ》の両脇《りょうわき》を持ち、力を入れて横に引いた。と、置《お》き床《どこ》全体が重い扉《とびら》のようにズズズッと音をたててずれ、壁《かべ》の後ろに穴が現《あらわ》れた。穴《あな》の後ろには、真っ暗な空間が広がっている。穴《あな》は、手をついて、ひざをついたら通りぬけられるくらいの大きさだった。

七人は顔を見あわせ、同時に言った。

「秘密《ひみつ》の通路の入り口だ！」

クインがリカの肩《かた》をポン、とたたく。

「リカ、すごいぞ！」

ルークがさっそく、スマートフォンをポケットから引っぱり出し、懐中電灯《かいちゅうでんとう》アプリを立ち上げた。壁《かべ》に開いた穴《あな》に手をつっこみ、中を照《て》らす。通路奥《おく》の闇《やみ》は、どこまでもつづいているように見えた。

ルークがふり向き、きっぱりと言った。

「おれ、通路ん中ばさがしてくる」

「何言ってんの。だめだよ、リカのお母さんを待たなきゃっ」

エム・イーが、キンキン声を張《は》り上げる。

ルークは頭を横にふり、落ち着いた声で言った。

「おれ、いっこくも早く、パスポートを取りもどしたいんや。怪士《あやかし》のメッセージに、『手おくれにならんうちに』ち書いてあったんが気になるけえ。リカのお母さんが来

たら、おれは通路の中やち、伝《つた》えてくれ」

「ちょっと待った。ルーク一人を行かせるわけにいかないよ。オレも行く」

クインが名乗りをあげると、悠人《はると》もあわてて言った。

「ぼくも！」

女子四人は、顔を見あわせた。

コーディが、一歩前に出る。

「男子だけが冒険《ぼうけん》するなんて、ずるいでしょ。わたしたちも行く」

リカと咲良《さくら》がうなずいたが、エム・イーは、ひたいにしわをよせて反対した。

「だめだよ！　みんなが行っちゃったら、リカのお母さんはどうすんのっ？」

「そしたら、エム・イーだけ、ここにのこって待っとってくれるか？」

ルークが言う。エム・イーはすぐさま、首をぶんぶん横にふった。

「ヤダよっ。怪士《あやかし》の霊《れい》が出そうでこわいもん」

「じゃあ……エム・イーもいっしょに行こう。うちのお母さんなら、壁《かべ》に開いた穴《あな》を見れば、わたしたちがどこに行ったかわかると思う」

リカが言うと、エム・イーは、覚悟《かくご》を決めたようにため息をついた。

「わかった。でも、秘密《ひみつ》の通路で、ぜったいあたしを置《お》いてけぼりにしないでよっ」

「もちろん！　よし、これで決まり」

コーディが言った。

「そしたら、行こか」

ルークが頭をかがめ、手をついて、通路に入っていった。一人ずつ、あとにつづく。

高さもはばも七十センチほどのせまい空間を、七人ははったまま進んだ。数メートルほど行ったところで、先頭のルークが動きをとめた。

ルークがかざす懐中電灯《かいちゅうでんとう》の光が、コーディのいる場所からもぼんやりと見える。

「通路の先に、なんか落ちとるぞ」

「パスポート？」

コーディが聞く。

「いや……扇子《せんす》や。また暗号かな」

「なんて書いてある？」

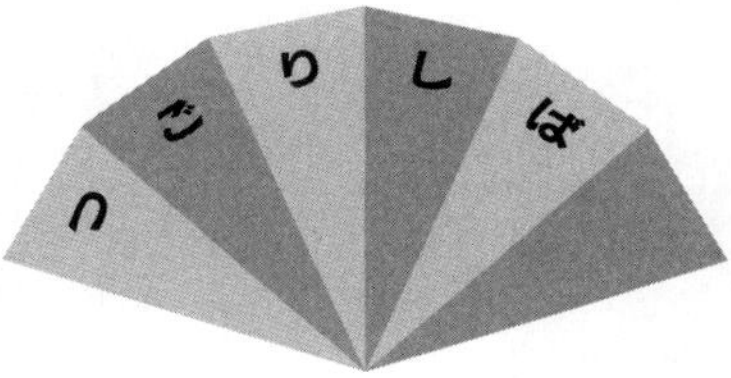

「ちょっと待ってくれ」

ルークが言い、パタパタと扇子《せんす》を開ける音がつづいた。

（答えは解答編《かいとうへん》２４４ページ）

「はしご？　さっき上ってきたのは、階段《かいだん》だったよね」

咲良《さくら》の声が聞こえる。

「もしかしたら、通路の反対側《はんたいがわ》の出口に、吊《つ》りばしごがついとるのかもしれん。とりあえず、行ってみるっちゃ」

ルークは、ふたたび通路の先をライトで照《て》らし、進みはじめた。六人が、一列になってルークのあとにつづく。クイン、悠人《はると》、リカ、咲良《さくら》、コーディ、最後《さいご》はエム・イーの順《じゅん》だ。

コーディは、せまい通路をはい進みながら、心の中で考えた。

（わたしたちだけで勝手に秘密《ひみつ》の通路に入っちゃって、だいじょうぶなのかな……。でも、ルークの言うとおり、制限時間《せいげんじかん》があるなら、急がなきゃ）

コーディの後ろで、エム・イーの心細そうな声が聞こえた。

「みんな知ってると思うけどさっ。あたし、閉所恐怖症《へいしょきょうふしょう》なんだよね。せまいところに閉《と》じこめられると、パニックになるってやつ」

コーディは後ろを向いて、声をかけた。

「エム・イー、もう少しがまんできる？」

エム・イーの背後《はいご》に、明るい光が差《さ》しこんでいるのが見える。さっき入ってきた、秘密《ひみつ》の通路の入り口だ。

ところが次の瞬間《しゅんかん》、後ろが急に暗くなった。

同時に、重い物が壁《かべ》にぶつかる音がする。

ズズズ……ガタン！

少しして、エム・イーの絶叫《ぜっきょう》がひびいた。

「うそおーっ！」

「エム・イー、どうしたんや？」

「だれかが、秘密《ひみつ》の通路の入り口を閉《し》めちゃったたっ！」

第9章

「どうしようっ。あたしたち、閉《と》じこめられちゃったよお！」

エム・イーがさけぶ。コーディは思わず、つぶやいた。

「ああ、最悪《さいあく》……」

秘密《ひみつ》の通路に入るのは、リカのお母さんが来るのを待ってからにすればよかったと、コーディははげしく後悔《こうかい》した。通路の入り口が閉《し》まった状態《じょうたい》だったら、リカのお母さんは、その中にコーディたちが入ったと、わからないかもしれない。

ルークが後ろを照《て》らしながら、聞く。

「閉《と》じこめられたちゅうんは、ほんまか？」

「なんかのはずみで閉《し》まっちゃったとかじゃないのか？」とクイン。

「ちがうよっ。開けようとして、押《お》したり引いたり、けったりぶったたいたりしてみたけど、ビクともしないのっ！　だれかがわざと閉《し》めたに決まってるよ！」

エム・イーが、イライラを爆発《ばくはつ》させる。

一同は絶望《ぜつぼう》して、だまりこんでしまった。

しばらくして、ルークが口を開いた。

「こうなったら、できることは一つしかない。前に進むんや。秘密《ひみつ》の通路ちゅうことは、かならずどこかに出口があるはずやけえ」

コーディは、暗やみの中でうなずいた。

（ルークの言うとおりだ。出口のない通路はないもんね！）

心の中に、ぽっと希望のあかりがともったような気分だった。

七人は一列になり、ルークを先頭に出口を目ざし、進んだ。

通路は、どんどんせまくなっていくように思えた。ふいに両側《りょうがわ》の壁《かべ》が動いて、押《お》しつぶされるような気がして、コーディはぞっとした。

（いやいや、映画《えいが》じゃないんだから。落ち着け、わたし）

自分に言い聞かせる。今は、パニックを起こしている場合じゃない。後ろにいるエム・イーは、もっとこわい思いをしているにちがいないのだ。

板張《いたば》りの通路をはい進みながら、コーディは後ろを気づかった。

「エム・イー。ぜったい、リカのお母さんが、通路の入り口を見つけて、来てくれるよ」

すると、エム・イーの、ふるえる声が聞こえてきた。

「でもさっ、さっきからもう、けっこう時間がたってると思わない？　とっくに来てくれていいころなのにさ。もしかして、あたしたちを閉《と》じこめたやつが、リカのお母さんもこわいめにあわせてたりしたら、どうしよう？」

「まさか。心配しすぎだよ。リカのお母さんは大人《おとな》なんだから、だいじょうぶ。とにかく、みんなでいっしょにいれば、こわいことなんてないから。ね？」

そうは言ったものの、コーディ自身、だんだん心細くなってきた。

万が一、リカのお母さんの身に何かあったら、コーディたちがここに来たことを知っている人がいなくなってしまう。

不安《ふあん》におしつぶされそうになりながら、さらに数分のあいだ、コーディたちは真っ暗な通路の中をはい進んでいった。

しばらくすると、先頭のルークがとつぜん、声をあげた。

「行き止まりや！」

エム・イーが、鼻をすすりあげる声が聞こえる。

「泣《な》かないで、エム・イー。わたしがいるよ」

エム・イーにやさしく声をかけてから、コーディは言った。

「ルーク、あたりをよくさがして！　きっとどこかに出口があるはず」

「了解《りょうかい》や」

ルークのスマートフォンが、床《ゆか》と天井《てんじょう》、壁《かべ》を照《て》らす。しばらくして、ルークの声がひびいた。

「ここに何かあるぞ」

「出口だといいなっ」

エム・イーが、しぼり出すように言う。

「ううう っ」

ルークのうなり声がした。力をこめてふんばっているような声だ。

ギイイッ。

重い扉《とびら》が開いたような音がした。

「思うたとおり、落とし戸や。手さぐりで床《ゆか》ばさわっとったら、かくしレバーが見つかった。上に引いたら、扉《とびら》が開いたばい」

ルークが言い、落とし戸の下をのぞきこんだ。

「吊《つ》りばしごがのびとる。下りてみるっちゃ……」

ロープがきしむような音が、あとにつづく。

(お願《ねが》い！　危険《きけん》な物が待ち受けていませんように！)

コーディは一心にいのった。

まもなく、ドサッという着地音が聞こえた。ルークが、下の部屋におりたったのだ。

「ルーク、生きてるか？」

クインが呼《よ》びかける。

下から元気な返事がとどいた。

「おお。ピンピンしとる」

「下はどうなってる?」

「やたらせまくて、窓《まど》がどこにもない。ここも張台《はりだい》の間《ま》なのかもしれん。けど、さっきのとはちがって、みょうな部屋や。みんなも来てみい!」

六人はルークにうながされ、一人ひとり、吊《つ》りばしごを下りていった。板張《いたば》りの床《ゆか》の上に全員が下り立つと、ルークはスマートフォンをかかげ、部屋の中を照《て》らした。

(ほんとだ、ルークの言うとおり。この部屋、なんか変《へん》……)

ライトで照《て》らされた部屋の中を見て、コーディは思った。

壁《かべ》一面、細長い木片《もくへん》が、たてや横に組みあわさっている。前方の壁《かべ》には、侍《さむらい》たちの絵が描《か》かれた掛《か》け軸《じく》がかかっていた。

「……どうしてこんなせまい部屋に、掛《か》け軸《じく》が……」

リカがつぶやく横で、クインが壁《かべ》をぺたぺたたたきながら言う。

「なあ、出口がどこにもないっぽいんだけど」

「うそでしょっ? あたしたち、酸素《さんそ》が足りなくなって死んじゃうよっ」

エム・イーが、ひらひらと手で顔をあおぐ。

ルークがポケットから扇子《せんす》を取り出し、エム・イーにわたした。

「だいじょうぶや。そんなすぐには酸欠《さんけつ》にならん。上の通路とつながっとるけえ」

「ねえ……思ったんだけど……」

リカがあごに手を当て、考えながら口を開く。

「もしかしたら……出口は、この壁《かべ》のどこかなのかも」

「え？　どういう意味？」

コーディは、まゆをひそめた。

「この壁《かべ》のもよう……寄木細工《よせぎざいく》のからくり箱に似《に》てると思わない？」

暗号クラブの一同が、壁《かべ》を凝視《ぎょうし》する。昔、エンジェル島に勾留《こうりゅう》されていたリカのひいおじいさんが奥《おく》さんに贈《おく》ったのは、寄木細工《よせぎざいく》のからくり箱だった。箱のパーツを押《お》したり引いたり、一定の操作《そうさ》をしないと、ふたが開かないしかけになっている箱のことだ。

リカが先をつづける。

「……この壁《かべ》は、からくり箱《ばこ》ならぬ、からくり壁《かべ》なのかもしれない。壁《かべ》の一部分を押《お》したり引いたりすれば、かくされたドアが開くようになってるんじゃないかな」

「なるほど！」

クインが指を鳴らした。

コーディが腕《うで》を組み、壁《かべ》をながめる。

「でも、どの部分を動かせばいいの？　箱とちがって、壁《かべ》は面積《めんせき》が大きいわけでしょ。動くパーツをさがすだけでも、気の遠くなるような作業だよ」

「……たしかに、そのとおりね」

リカがため息をつく。と、そのとき——。

ズン！

にぶい音が聞こえたのと同時に、エム・イーが悲鳴をあげた。

「きゃあっ！」

「どうしたの、エム・イー？」

コーディが聞く。

「壁《かべ》ぎわに何か置《お》いてある。つまずいちゃったよっ」

ルークが、懐中電灯《かいちゅうでんとう》アプリをエム・イーの足もとに向けた。

「かばんだ！」

見たことのない茶色い布《ぬの》かばんが、壁《かべ》ぎわの床《ゆか》の上に置《お》いてある。

エム・イーが、かがんでかばんをひろった。チャックを開け、ルークのかざすライトの光で、中身を確認《かくにん》する。

かばんの中には、さまざまな物が入っていた。小さな目覚《めざ》まし時計が一個《こ》、本が一冊《さつ》、ミネラルウォーターのボトルが一本、二条城《にじょうじょう》の地図が一枚《まい》、ジグソーパズルが入った透明《とうめい》のビニールぶくろが一つ、手鏡《てかがみ》が一枚《まい》。

クインが首をかしげながら、つぶやく。

「なんだこりゃ」

目覚《めざ》まし時計を耳に当ててみて、言った。

「これ、動いてるぜ」

裏《うら》をひっくり返してみると、黒マジックで文字が書いてある。

「……《クリエイト》だって」

コーディは、文字をのぞきこんだ。

「なんだろうね。それにしても、どうしてこんなところにかばんがあったのかな？

この部屋に人が出入りしてるってこと？　ひょっとして、わたしたちのパスポートを
盗《ぬす》んだのと同じ犯人《はんにん》が、観光客《かんこうきゃく》から盗《ぬす》んできたリュックをここにかくしてるとか？」

「そうかもしれんな」

ルークが言う。

と、かばんから出てきた手鏡《てかがみ》を見ていた悠人《はると》が、声をあげた。

「ちょっと待った。手鏡《てかがみ》の表に、マジックで『フォー・ユー』って書いてあるよ」

「へんなの。だれかからのプレゼントってこと？」

リカはふしぎそうに言うと、かがみこんで、かばんの中からぶあつい革《かわ》ばりの本を
取り上げた。

「……タイトルは、『ワンダー・キッズ』だって」

コーディは、はっとした。

クリエイト、フォー・ユー、ワンダー・キッズ……。三つのアイテムに書かれた言葉には、共通点《きょうつうてん》がある。

「数字だ！」

「なんやて？」

ルークが、コーディの顔を照《て》らす。

「ワンダー・キッズのワン、フォー・ユーのフォー、クリエイトのエイト。1《ワン》、4《フォー》、8《エイト》。ぜんぶ、英語の数を表す単語が入ってる！」

「ほんとだ。ってことは、この数字が何かの手がかりなのかな」

咲良《さくら》が小さな声でつぶやく。

エム・イーが肩《かた》をすくめた。

「手がかりって、なんのっ？」

「それを考えなきゃダメだ」

クインがツンツン頭をかきむしる。しばらくして手をとめると、冷静《れいせい》な声で言った。

「よし。とりあえず、かばんの中のアイテムを、もう一度ぜんぶチェックしようぜ。

ほかにも数字かなんかが書いてあるかもしれないから」

一同がうなずく。

直後、本を手にしていたリカが、おどろきの声をあげた。

「見て……！　この本、中がくりぬいてある」

たしかに、表紙を開けてみると、中身のページが、長方形にくりぬいてある。何かをかくしておくために、とくべつに作られたのだろう。

くりぬかれた空間の中には、おりたたまれたメモが一枚《まい》、入っていた。

リカはメモを取り出し、外側《そとがわ》に黒マジックで書かれたメッセージを読んだ。

「えっと……《ウェルカム・トゥー・二条城《にじょうじょう》》って書いてある。このトゥーは、数字の２ってことだよね」

メモを開いて中を見たリカは、ふたたびおどろいた声を出した。

「あ……暗号だ！」

それは、三つの暗号を組みあわせたメッセージだった。

初《はじ》めの二行は旗《き》りゅう信号《しんごう》、次の三行は点字、最後《さいご》の三行は、手旗信号《てばたしんごう》で書かれている。暗号クラブにとっては、どれも解《と》きなれた暗号だ。
メンバーは、さっそく解読《かいどく》に取りかかった。

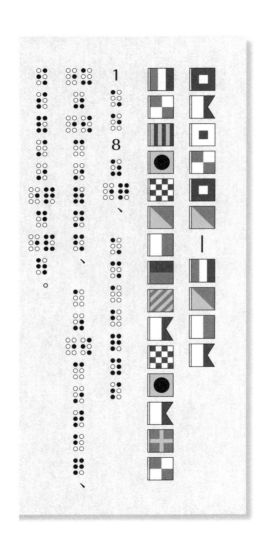

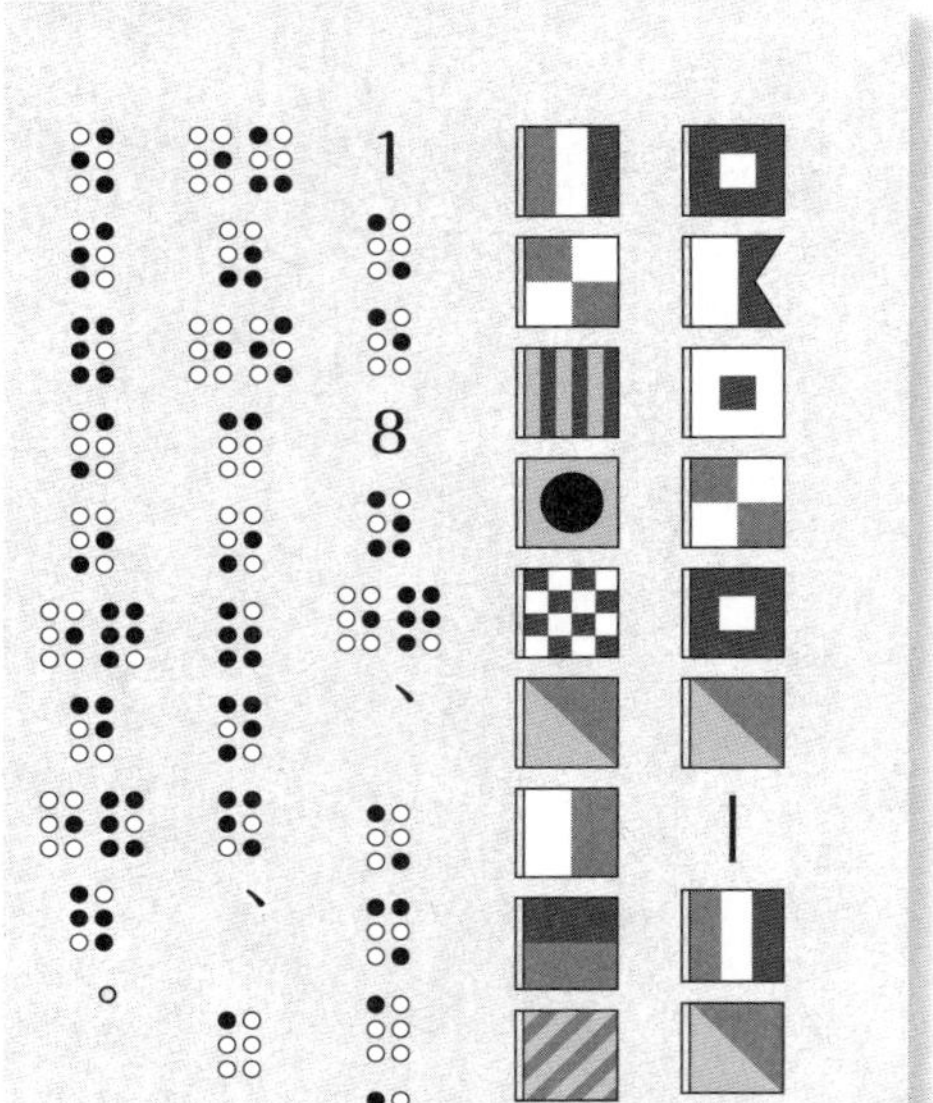

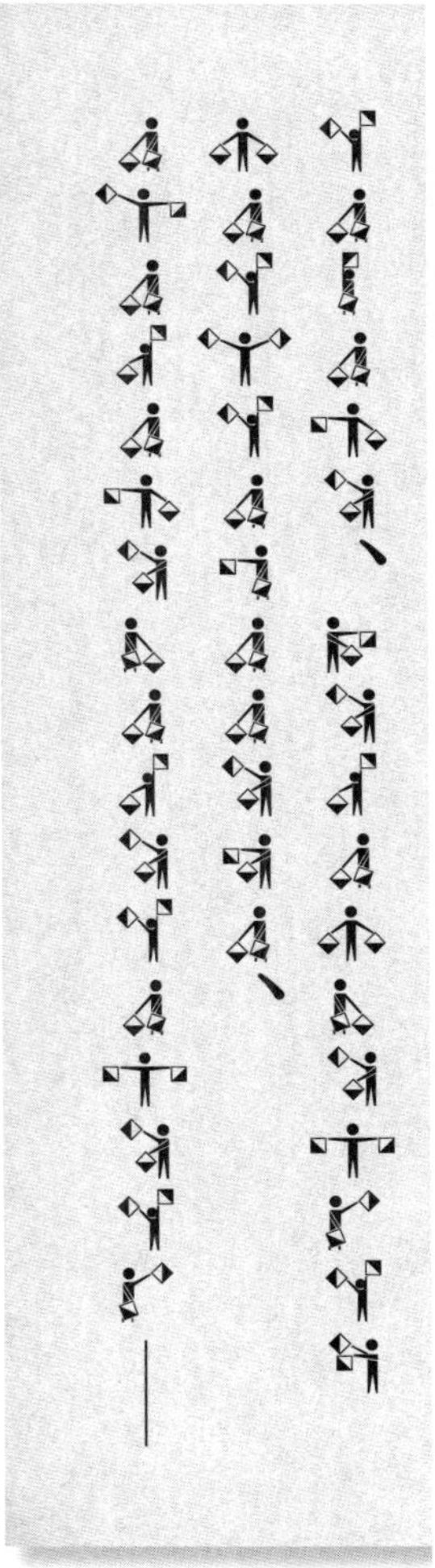

（答えは解答編《かいとうへん》２４４～２４６ページ）

解読《かいどく》を終えた七人は、顔を見あわせた。

「なんかこわいんだけどっ。時間切れになったら、どーなっちゃうの!?」

エム・イーが泣《な》きそうな顔で言う。

「だいじょうぶ。ただのおどしだよ。幽霊《ゆうれい》なんて存在《そんざい》しないんだから」

そう言ったとき、悠人《はると》と咲良《さくら》が不安《ふあん》げな視線《しせん》を交わしたことに、コーディは気づいた。

（ひょっとしてこの二人、幽霊《ゆうれい》を信《しん》じてるとか？）

リカが、少しほっとしたような声で言った。

「……とにかく、暗号を解《と》けば、パスポートは取りもどせるのね」

クインが、笑顔《えがお》を見せる。

「そうだな。早いとこ解《と》いて、このせまい部屋から脱出《だっしゅつ》しようぜ」

「そうと決まれば、さっさとほかのアイテムを調べようや！」

ルークのかけ声で、全員の表情《ひょうじょう》が引きしまる。

さっそくリカが、かばんからミネラルウォーターのボトルを取り出した。一見したところ、数字もメッセージも書かれていない。

リカがミネラルウォーターのキャップを開けた。中のにおいをかいでから、キャップをもとにもどす。

「においはないよ。ふつうの水かな」

「ラベルは？」

ラベルの表面は、黒くぬりつぶされている。

「ラベルをはがしてみたらっ？」

エム・イーが提案《ていあん》した。

リカはボトルからそっとラベルをはがした。裏《うら》を見て、笑顔《えがお》をうかべる。

「見つけた！　だれかがラベルの裏《うら》にマジックでメッセージを書いてから、もとにもどしたみたい。《スリラー》って書いてある」

「スリラー……スリ……3だ！」とコーディ。

「やったねっ。じゃ、次！」

エム・イーが、がぜん元気になって言う。

コーディは、かばんの中から二条城《にじょうじょう》の地図を取り上げた。

ルークが照《て》らすあかりのもと、上から下まで目を走らせる。

「うーん、字がたくさんありすぎて、どこに暗号がかくれてるのかわからない……」

「ちょっと貸《か》してみ」

クインがとなりにやってきて、コーディから地図を受け取った。裏《うら》を見る。真っ白だ。

「ひょっとしたら、こういうことかも――」

クインは言って、ポケットから自分のスマートフォンを取り出した。アプリで紫外《しがい》線《せん》ライトを呼《よ》び出し、地図の裏面《うらめん》にかざす。すると、青むらさき色のライトに照《て》らさ

れ、暗号がうかび上がった！

コーディは、息をのんだ。

「見えないインクで書かれた、おどる人形暗号だ！」

「なんて書いてあるの？」

悠人《はると》が聞いた。

おどる人形暗号は、シャーロック・ホームズが好《す》きなクインの得意《とくい》分野だ。クインはさっそく、解読《かいどく》に取りかかった。

（答えは解答編《かいとうへん》２４６ページ）

「ファイヤー・ウェイブ……ファ、、イヤー・ウェイブ、……」

解読《かいどく》した言葉を、ルークが口の中でぶつぶつつぶやく。

最後《さいご》に指を鳴らし、言った。

「ファイブ、や！」

「やるじゃんっ、ルーク！」

エム・イーが拍手《はくしゅ》する。

リカが、かばんから次のアイテムを取り出した。ジグソーパズルの入ったふくろだ。五十ピースほど入ったふくろをつかみ上げ、中身を床《ゆか》にあける。

ライトをかざしながら、七人でパズルをはめていくと、ものの一、二分で完成《かんせい》した。白い背景《はいけい》に、黒マジックで暗号メッセージが記してある。

「あ、またおどる人形暗号だ。クイン、お願《ねが》い」

コーディが言うと、クインが一文字ずつ読み上げていく。

（答えは解答編《かいとうへん》２４６ページ）

「……シックス、6だ！」

これで、数字は七つ出そろった。のこるはあと一つだ。

「八番めは目覚《めざ》まし時計やけえ、七番めのアイテムが足りんちゅうことやな」

ルークが言う。

かばんの中をくまなくさぐってみたが、やはり、七つしか入っていない。

（あとはもう、何ものこってないよね……）

コーディが首をふったとき、クインがふいに、壁《かべ》の掛《か》け軸《じく》を指さした。

「あれって、もしかして……」

戦《いくさ》の鎧《よろい》をつけた、武士《ぶし》たちの肖像画《しょうぞうが》だ。じっくり絵をながめてみて、気づく。

（武士《ぶし》が、七人……？）

コーディが、あっと思ったとき、クインがさけんだ。

「これだ！」

掛《か》け軸《じく》の右下部分を示《しめ》す。小さな字で、《セブン・サムライ》と書いてあった。

「セブン・サムライ……7や！」

ルークが言う。

リカが掛《か》け軸《じく》をまじまじと見つめ、つぶやいた。

「……この掛《か》け軸《じく》も、アイテムの一つだったんだ……」

クインがうなずく。

「とにかく、これで1から8まで、番号がそろったな。でも、このあとはどうすりゃいいんだ？」

全員が、だまって考えこんでしまった。

と、悠人《はると》がとつぜん、低《ひく》い声で言った。

「みんな。今の、聞こえた？」

六人が首をふり、耳をすませる。

アアアァ……

どこからか、人のうめき声のような音が聞こえる。

「ゆ、幽霊《ゆうれい》だっ！」

エム・イーが、コーディにしがみついた。

不気味《ぶきみ》なうめき声はやまない。リカと咲良《さくら》も、その場で身をこおりつかせている。

ルークが懐中電灯《かいちゅうでんとう》で小部屋の中を照《て》らした。うめき声がどこから聞こえてくるのか、つきとめようとしているのだ。

「幽霊《ゆうれい》なんか、おらん。これは、だれかがしかけたトリックや」

きっぱり言い切るルークに、咲良《さくら》が小声で言った。

「ほんとにそうなのかな……」

悠人《はると》をちらりと見て、言葉をつづける。

「二条城《にじょうじょう》は歴史《れきし》ある場所だから、幽霊《ゆうれい》がいたっておかしくないと思う。しかも、今は、八月中旬《ちゅうじゅん》。お盆《ぼん》といって、死者《ししゃ》の霊《れい》がこの世にもどってくるといわれる時期《じき》だし」

悠人《はると》が賛成《さんせい》するようにうなずき、つけ加《くわ》える。

「ちなみに、殺《ころ》された人の霊《れい》は、成仏《じょうぶつ》できずにこの世にのこって、地縛霊《じばくれい》になったり、物《もの》の怪《け》になったりするらしい――」

エム・イーが、コーディの腕《うで》にさらに力をこめてしがみつく。コーディはあわてて悠人《はると》をさえぎった。

「やめてよ、二人とも。エム・イーはそういう話、ほんと苦手《にがて》なんだから！」

とつぜん、うめき声がピタリとやんだ。コーディがほっとしたのもつかの間、今度はガンガンと大きな音がひびきだした。まるでだれかが金棒《かなぼう》か何かで、壁《かべ》をたたいているみたいだ。

リカが、両耳をおおう。エム・イーも、顔をしかめた。

「何、この音っ？」

コーディは、指文字で答えた。

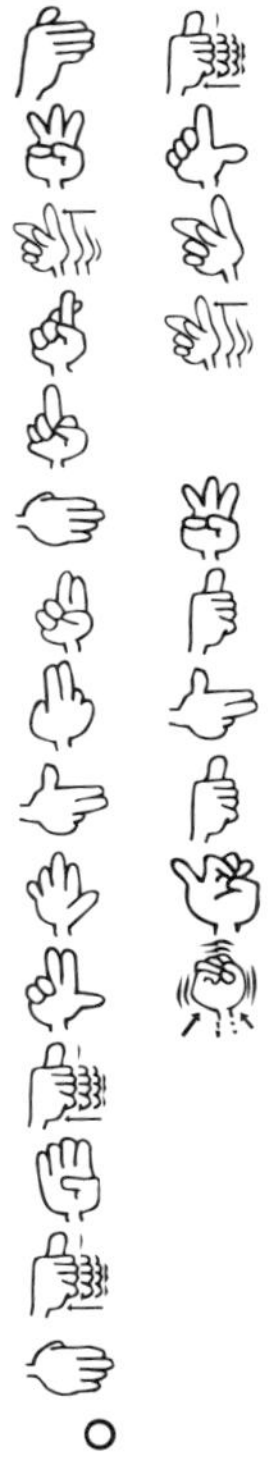

（答えは解答編《かいとうへん》246ページ）

コーディはあたりを見回した。

（この音、どこから聞こえてくるんだろう？）

音の出どころがわかれば、部屋の出口も見つかるかもしれない。だが、小部屋は完《かん》全《ぜん》な密室《みっしつ》だった。壁《かべ》にも床《ゆか》にも、板の割《わ》れ目や穴《あな》はいっさい見当たらない。

（ゆいいつの出入り口は、秘密《ひみつ》の通路へのぬけ穴《あな》か……）

心の中でつぶやきながら、コーディは天井《てんじょう》にライトを向けた。

そのとたん、あっと息をのんだ。

はね上げ戸が閉《し》まっている！

そして天井《てんじょう》には、巨大《きょだい》な怪士《あやかし》の顔が、ぼんやりとうかび上がっていた。

コーディの視線《しせん》を追ったエム・イーが、絶叫《ぜっきょう》する。

「ギャアアアッ！」

と、壁《かべ》をつく音がふいにやんだ。

不気味《ぶきみ》な静けさの中、コーディはエム・イーの顔を見た。

「最後《さいご》に吊《つ》りばしごを下りたの、エム・イーだよね？　もしかして、はね上げ戸、閉《し》めた？」

エム・イーが、はげしく首を横にふる。

「まさかっ、閉《し》めてない！　どうしよ、あたしたち、もうここから出られないの――」

ギエエエッ！

エム・イーの声をかき消すほどの轟音《ごうおん》が、ふたたびあたりにひびきわたった。今度は、獣《けもの》のさけび声のような音だ。

「ちょっと待った！　この音、オレ知ってる」

クインが、するどい声をあげた。

急いでスマートフォンを取り出し、何度か画面をタップする。と、さっき聞こえたのとまったく同じ音が、クインのスマートフォンからひびいた。

「何これ？」

コーディが聞く。

「ゴジラの鳴き声だよ。ネットで音声をひろって、ダウンロードしといたんだ」

「ってことはつまり、近くにゴジラの幽霊《ゆうれい》がいるってことっ？」

エム・イーが、恐怖《きょうふ》に顔を引きつらせながら言う。

「ちがうって。オレがケータイにダウンロードしたゴジラの声と同じものが、音響《おんきょう》として使われてるってことだよ。オレたちをこわがらせようとしてるやつが、ケータイを使ってトリックをしかけてるんだ。天井《てんじょう》の怪士《あやかし》の画像《がぞう》も、壁《かべ》をたたく音も、すべては幽霊《ゆうれい》がいるって思わせようとする作戦《さくせん》ってことだよ」

「なんでまた、そげな手えのこんだこと……」

ルークが腕組《うでぐ》みして言うと、リカが提案《ていあん》した。

「じゃあ……今度はわたしたちのほうから、音をたててやらない？」

「いいね、それ！　モールス信号《しんごう》で『たすけて』って打つのはどうかな」

すぐさまコーディが提案《ていあん》する。

（こういうの、一回やってみたかったんだ）

コーディお気に入りの推理小説《すいりしょうせつ》に、屋根裏《やねうら》部屋に閉《と》じこめられた主人公が、モールス信号《しんごう》で壁《かべ》をたたく、という場面がある。小説《しょうせつ》では、階下にいた人が聞きつけ、助けに来てくれるのだ。

（わたしたちも、やってみたらだれかが助けに来てくれるかも！）

ルークが指を鳴らした。

「よし、みんなで同時にたたこう！」

ルークの合図で、七人はいっせいに壁《かべ》をたたきはじめた。長いノックと短いノックを合わせ、リズムを作る。モールス信号《しんごう》で『タスケテ』と打ったのだ。同じことを三回くり返したあと、ルークが耳をすました。

ぶきみなゴジラの声がやんだ。天井《てんじょう》にうかび上がった怪士《あやかし》の像《ぞう》も、消えている。

ルークは親指を立て、グーサインを出した。

「よっしゃ、効《き》きめアリや。もう一回、信号《しんごう》送るぞ」

ルークが言ったとき、コーディはぎくりとした。壁《かべ》の向こうから、別《べつ》の音が聞こえたのだ。

（よく聞き取れないけど……）

コーディは急いでルークの肩《かた》をたたき、指文字で伝《つた》えた。

（答えは解答編《かいとうへん》２４７ページ）

全員が耳をそばだてる。

まもなく、男の低《ひく》い声がひびきわたった。

「あん…ごう……クラ……ブ…」

「ギャアアアッ！」

エム・イーが悲鳴をあげ、コーディの背中《せなか》に飛《と》びついた。

「怪士《あやかし》の霊《れい》だっ！　とうとう悪霊《あくりょう》が出たっ！」

第10章 ！

「どうやろ。おれには、おジャマじゃマットあたりがやりそうないたずらにしか思えんけどな。マットにしては、手がこんどるんはたしかやけえ」

ルークが首を横にふりながら言った。

その落ち着いた声を聞いて、コーディは、少し気を取りなおした。

（ルークがいるから、だいじょうぶだ）

エム・イーの両肩《りょうかた》に手を置《お》き、瞳《ひとみ》をのぞきこむ。

「エム・イー、幽霊《ゆうれい》なんかじゃない。だれかのいたずらだから、ね？」

「幽霊《ゆうれい》だろうがいたずらだろうが、どっちでもいいっ。とにかく早く、ここから出たいよお！」

エム・イーがうったえる。

と、リカが冷静《れいせい》な口調《くちょう》で言った。

「あの……わたし、さっきからずっと、犯人《はんにん》がしかけた暗号のこと考えてたの。で、ちょっと気になったことがあるんだけど……」

「何？」

咲良《さくら》が聞く。

リカは掛《か》け軸《じく》に顔を向けた。

「……どうしてこの掛《か》け軸《じく》だけ、ほかのアイテムみたいにリュックの中に入ってなかったのかな。くるくる丸めれば、中に入る大きさでしょ？　なのにわざわざここにかけてあるってことは、何か理由があるはずだと思うの」

「言われてみれば、たしかにそうだね」

コーディは掛《か》け軸《じく》に手をのばし、考えながら口を開いた。

「かばんの中に入れなかったのは……ひょっとして、裏《うら》を見られたくなかったから？　あるいは、後ろの壁《かべ》に何かあるとか」

コーディは言いながら、掛《か》け軸《じく》の縁《ふち》をめくり上げた。

「あ！」

七人が同時に声をあげた。コーディの思ったとおり、掛《か》け軸《じく》の裏《うら》に、絵と記号が書いてある。1から8までのアイテムと、矢印《やじるし》だ。それだけではない。掛《か》け軸《じく》の後ろの壁《かべ》が、ほかの部分にくらべ、ほんの一センチばかりうきあがっているのが見て取れた。

ルークが背《せ》のびして掛《か》け軸《じく》を壁《かべ》から外し、裏《うら》に書かれた暗号を一同に見せた。

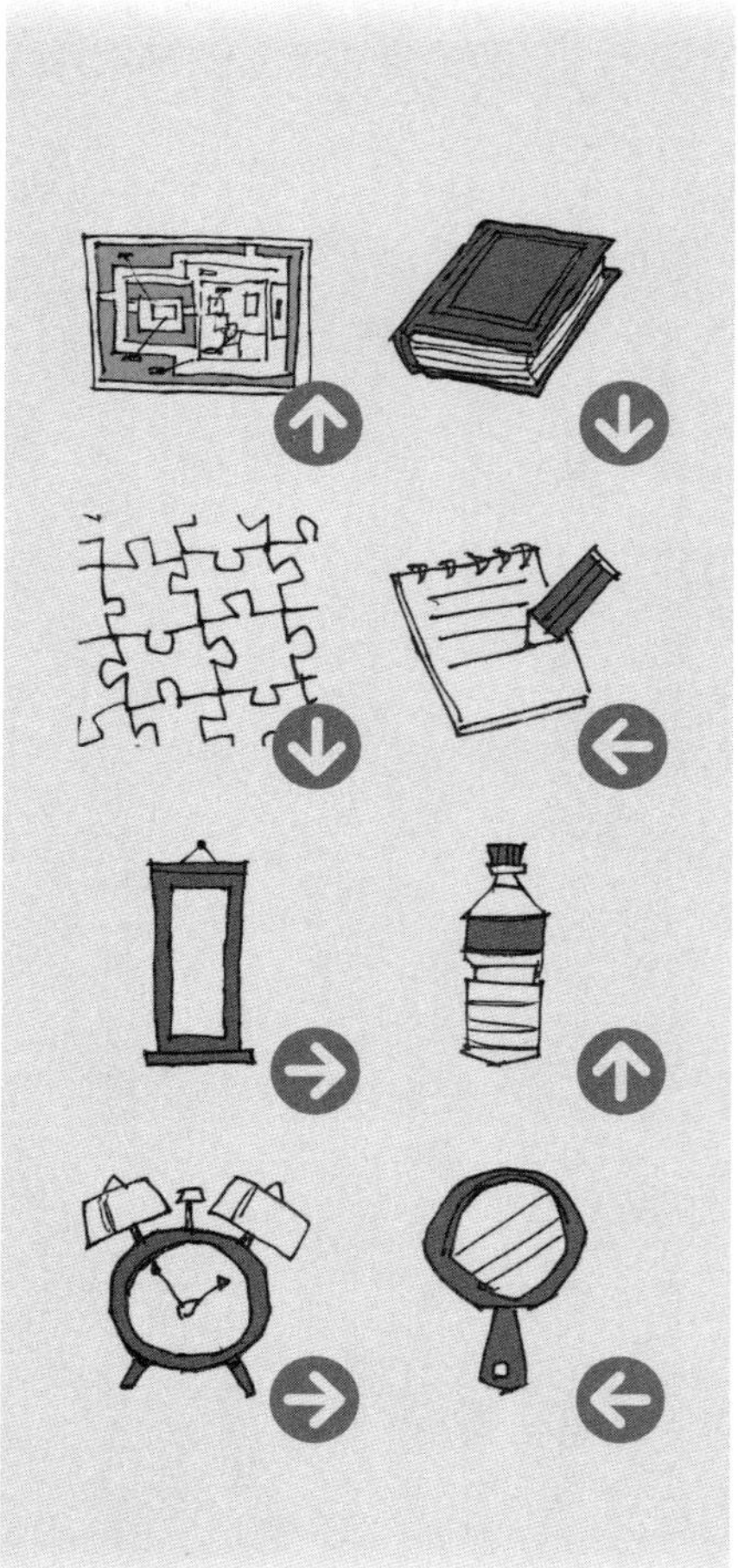

しばらく掛け軸《じく》とのにらめっこをつづけたあと、エム・イーがパチンと手をたたいた。

「わかった！　この矢印《やじるし》は、からくり壁《かべ》の開け方を表してるんだっ」

「どういうことだ？」

クインが腕組《うでぐ》みをしながらたずねる。

「だからねっ、各《かく》アイテムに当てはまる場所を、番号順《じゅん》に、矢印《やじるし》の方向に動かせばいいってこと！」

エム・イーがいきおいこんで説明《せつめい》したが、ルークは首をかしげた。

「すまん、意味がようわからんのやけど」

しんぼうづよく、エム・イーが説明《せつめい》した。

「1番のアイテムが描《か》いてある壁《かべ》のパーツを、指定された矢印《やじるし》の通りに動かして、つぎは2番アイテムが描《か》かれているパーツを動かしてっていうふうにやってくわけっ」

「なるほど！」

クインとルークが同時に言った。

「寄《よ》せ木《ぎ》細工《ざいく》のからくり箱みたいにってことね。すごいよ、エム・イー！」

コーディがエム・イーの手を取ると、エム・イーは照《て》れたように笑《わら》った。

「あたしだって、こわがってるばっかりじゃないんだからねっ」

ルークが言う。

「よし、そしたら、さっそく始めようや」

クインがうなずき、掛《か》け軸《じく》の前に立った。

「まずは1番アイテム——本からだよな」

掛《か》け軸《じく》の裏《うら》を見て、本の絵が描《か》いてある位置《いち》をたしかめてから、その部分を押《お》し下《さ》げる。と、壁《かべ》のパネルの一部が、十センチほど下にずれた。

「……動いた！」

リカが、うわずった声をあげる。

「じゃあ、次は二番め。暗号メモだねっ」

エム・イーが目をかがやかせる。

クインが、掛《か》け軸《じく》でメモの場所を確認《かくにん》した。パネルの右上から少し下に手を置《お》き、
今度は左にスライドさせる。

「ヒャッホー！　このまま行けば、外に出られそうだねっ」

エム・イーが黄色い声をあげた。

そのあともクインは、ミネラルウォーターのボトル、手鏡《てかがみ》、地図、パズル、掛け軸《かじく》の順《じゅん》に、位置《いち》を確認《かくにん》しながら、指示《しじ》された矢印《やじるし》どおりに動かしていった。パネルの一部が少しずつ動くたびに、仲間《なかま》が歓声《かんせい》をあげる。

コーディは、エム・イーとだきあいながら言った。

「あと一つ！」

クインは仲間《なかま》と目を合わせてから、目覚《めざ》まし時計の描《えが》かれた場所に手を置《お》くと、力をこめてパネルの左下あたりを右に押《お》し上《あ》げた。と、掛《か》け軸《じく》の裏《うら》の、うきあがっていた部分全体が大きくスライドし、出口が現《あらわ》れた！

「やった！」

リカが手をたたいてよろこぶ。

「からくり壁《かべ》、突破《とっぱ》できちゃった！」

「あたしたち、自由の身だあっ！」

コーディとエム・イーが、口々に言う。

ルークとクインは、こぶしをつきあわせてよろこんだ。

「どげんする？　出た先が、また別《べつ》のからくり部屋やったら……」

ルークはおどけた表情《ひょうじょう》で言うと、頭をひょいと下げ、壁《かべ》に開いた穴《あな》をまたいだ。が、
向《む》こう側《がわ》に顔を出したとたん、とつぜん動きをとめた。

ぎょっとした顔で、仲間《なかま》のほうをふり向く。

「どうしたの？」

コーディがルークを見つめ、聞いた。

ルークが出口を指さす。

「見てみい！」

六人は、壁《かべ》の穴《あな》から向《む》こう側《がわ》をのぞいた。リカが息をのみ、両手を口に当てる。

「……お母さん！」

リカのお母さんが、壁《かべ》の向こうから顔を出した。ゆかいそうににこにこ笑《わら》っている。

「どういうこと……？　……モールス信号《しんごう》を聞いて、助けに来てくれたの？」

「ごめんなさいね、そうじゃないの」

リカのお母さんは、謎《なぞ》めいた口調《くちょう》で言うと、子どもたちに手まねきした。

「こっちに来てちょうだい。ぜんぶ説明《せつめい》するから」

七人は一人ずつ、壁《かべ》に開いた穴《あな》をまたいで、となりの部屋に移動《いどう》した。そこは、さっき張台《はりだい》の間《ま》に入る前に通った広間だった。

(いったいぜんたい、どういうこと!?)

コーディは混乱《こんらん》して、あたりを見回した。

「おれたち、スタート地点にもどってきたんだ!」

そう言ったクインの後ろを見て、コーディは思わず声をあげた。

「見て!　わたしたちのあとをつけてた怪士《あやかし》!」

不気味《ぶきみ》な能面《のうめん》をかぶった着物姿《きものすがた》の男が、畳《たたみ》の上にすわっている。怪士《あやかし》はゆっくり立ち上がり、コーディたちのほうへ近づいてきた。

コーディは思わず、あとずさった。

「こ、この人、いったいだれですか?　どうしてわたしたちのあとをつけ回してるの?」

怪士《あやかし》は何も言わず、ゆっくりと手を顔にやると、能面《のうめん》を取り去った。

「圭太《けいた》さん！」

リカが怪士《あやかし》を指さし、かん高い声でさけんだ。暗号クラブの仲間《なかま》をふり返って言う。

「……みんな、覚《おぼ》えてる？　咲良《さくら》のお兄ちゃんよ」

コーディ、エム・イー、クイン、ルークの四人は、あっけにとられてその場に立ちつくした。

圭太《けいた》が笑《わら》いながら、頭をぺこりと下げて言う。

「リカちゃん、暗号クラブのみんな。びっくりしてくれたかな？」

（あっ、思い出した！　新幹線《しんかんせん》に乗る前、東京駅の改札口《かいさつぐち》で、咲良《さくら》を見送りに来てくれた人だ）

気づいたとたん、張《は》りつめていた気持ちが一気にゆるんだ。全身の力がぬけて、すわりこみそうになるのをこらえる。仲間《なかま》の顔を見回したとき、コーディは、あれっと思った。

何かが引っかかる。

咲良《さくら》と悠人《はると》のようすがおかしいのだ。圭太《けいた》が怪士《あやかし》だったと知っても、まったくおどろいていない。

コーディが理由を聞こうとしたとき、二人が圭太《けいた》のもとに走りよった。

悠人《はると》が圭太《けいた》と手をパチンと合わせる。

「圭太《けいた》さん、大成功《だいせいこう》だね！」

「でも、打ちあわせよりずっとこわいんだもん。あたしまで心臓《しんぞう》バクバクしちゃった」

咲良《さくら》が興奮《こうふん》した口調《くちょう》で言う。

リカがまゆをひそめ、幼《おさな》なじみの二人をふり返った。

「どういうこと……？　咲良《さくら》と悠人《はると》も、この計画に加《くわ》わってたの？」

咲良《さくら》がうなずき、くすくす笑《わら》う。

「あたしたちだけじゃないよ。リカのお母さんも」

「……え？　お母さんも!?」

リカのお母さんがうなずく。

「暗号クラブのみんなを楽しませるために、壮大《そうだい》な謎解《なぞと》きゲームを用意したいって咲《さく》良《ら》ちゃんと悠人《はると》くんに相談《そうだん》されたの。そんなこと言われたら、ことわれないでしょう？」

リカのお母さんは、圭太《けいた》を見た。

「でも、圭太《けいた》くんが、ここまでやるとは思わなかったわ。幽霊《ゆうれい》の声だとか、天井《てんじょう》の怪士《あやかし》だとか……。ただ、パスポートを盗《ぬす》んだのは、いくらなんでもやりすぎよ」

圭太《けいた》が顔を赤くして、頭を下げる。

「すみません。つい、調子に乗っちゃって」

そして、暗号クラブの五人に顔を向けた。

「それにしても君たち、からくり壁《かべ》の暗号、よく解《と》けたね。感心したよ。あれ、作るのは、たいへんだったんだ。本物にしか見えなかっただろう？」

「からくり壁《かべ》の暗号……あれ、圭太《けいた》さんが作ったの？　どうやって？」

リカがつぶやくように聞く。

咲良《さくら》はほこらしげに、圭太《けいた》の顔を見上げた。

「お兄ちゃんは、テレビの制作《せいさく》会社でアルバイトしてるでしょ？　その会社では今、二条城《にじょうじょう》のドキュメンタリー番組を作ってるんだって。だからお兄ちゃんも、大道具製作《せいさく》のため、何度も現場《げんば》に足を運んでたの。一方、リカのお母さんは、前に二条城《にじょうじょう》で働《はたら》いていたから、秘密《ひみつ》の小部屋や武者隠《むしゃがく》しがどこにあるかを知っていた。そこで二人は、二条城《にじょうじょう》の責任者《せきにんしゃ》と制作《せいさく》会社にたのんで、撮影《さつえい》予定の広間を今日の数時間だけ、使わせてもらうことにしたの。張台《はりだい》の間《ま》と天井裏《てんじょううら》の武者隠《むしゃがく》しを使い、最後《さいご》のからくり小部屋は、前に忍者《にんじゃ》ドラマで製作《せいさく》した大道具を借《か》りてきて、吊《つ》りばしごの下に設置《せっち》したってわけ」

悠人《はると》がため息をついて、言う。

「圭太《けいた》さんとリカのお母さんに協力《きょうりょく》をたのんだら、やたらと本格的《ほんかくてき》なゲームになっちゃって、ぼくたちもびっくりしたよ」

暗号クラブの五人は、しばらく言葉をなくしていた。

コーディはおどろきを通りこして、圭太《けいた》たちの情熱《じょうねつ》に感心していた。

(わたしたちのためだけに、こんな大がかりなことをするなんて……)

ようやく事情《じじょう》を理解《りかい》したリカが、ほっぺたをふくらませ、咲良《さくら》と悠人《はると》につめよる。

「……二人とも、こんなことたくらんでたなんて！　わたしたちが秘密《ひみつ》の通路で迷《まよ》ったり、閉《と》じこめられたりしてたときも、ずっと知っててだまってたわけ？」

悠人《はると》がうなずく。

「だって、そうじゃなきゃ、せっかくの楽しみが台なしになっちゃうじゃん」

リカのお母さんが、少し申しわけなさそうな顔をして言った。

「途中《とちゅう》であなたたちの具合が悪くなったり、何か問題が起こったりしたら、すぐに助け出す手はずは整えていたのよ。入り口と出口はそれぞれ一つだから、迷子《まいご》になる心配はないし。しかもあなたたち、ちゃんと行先の目印《めじるし》をのこしておいてくれたしね」

「目印《めじるし》？」

クインが、きょとんとした顔で聞いた。

「だれがいつ、どんな目印《めじるし》をのこしたんですか？」

「二階の見張《みは》り部屋の、置《お》き床《どこ》の上に暗号メモが置《お》いてあったわ。だれがのこしてくれたのかしら？」

エム・イーが手をあげた。

「それ、あたしですっ。でも、秘密《ひみつ》の通路に入ったとたん、パニックおこしちゃって……メッセージのこしてきたこと、すっかりわすれてたっ」

リカのお母さんが、エム・イーにほほ笑《え》みかける。

「さすがエム・イーね」

「エヘヘッ。怪士《あやかし》の霊《れい》を名乗るヤツに、あたしたちの居場所《いばしょ》を知られたらこまるから、暗号にしておいたんだっ。リカのお母さんなら、解《と》いてくれるかもと思って」

（エム・イー、とっさによく考えたなあ）

親友を尊敬《そんけい》のまなざしで見つめながら、コーディは聞いた。

「どんな暗号を使ったの？」

エム・イーが、にっと笑《わら》う。

「暗号クラブ専用《せんよう》通話表。犯人が知らなそうなのって、それくらいしか思いつかなかったからさっ」

「……書く物、持ってたの？」

リカが聞く。

「紙は、辻占《つじうら》せんべいにはさまってたおみくじの裏《うら》を使ったの。えんぴつは、きのう買ったゴジラのミニえんぴつが、ポケットに入ったまんまだったんだよねっ」

リカのお母さんが、胸《むな》ポケットから小さなおみくじを取り出した。エム・イーが書いた暗号メッセージだ。みんなに暗号を見せながら、解読《かいどく》した字を読み上げる。

おりがみ　切手　鳥かご　てんてん　子ども　野原　うさぎ　新聞　ローマ字
飛行機《ひこうき》　みかん　月夜　野原　月夜　うさぎ　ローマ字

（答えは解答編《かいとうへん》２４７ページ）


エム・イーが、リカのお母さんに満面《まんめん》の笑《え》みを向ける。

「リカのお母さんなら、解読《かいどく》してくれると思ったっ！」

リカのお母さんが、おどけておじぎをしてみせる。

コーディは、咲良《さくら》と悠人《はると》の顔を見た。

「そういえば、二人が話してた蓮《れん》のことだけど……あれも作り話なの？」

咲良《さくら》が口に手を当て、くすくす笑《わら》った。

「そう。作り話！」

「ラッキーなことに、ぼくたちの学校におジャマじゃマットみたいなやつはいないんだ。うどん屋に現《あらわ》れた怪士《あやかし》の霊《れい》、あれも圭太《けいた》さんだったんだよ」

「なあんだ、そうだったんだ」

コーディが言う。

「ところで圭太《けいた》さん——」

ルークが白い歯を見せて笑《わら》いながら、圭太《けいた》に手を差《さ》し出《だ》した。

「おれたちのパスポート、はよう返してくれんね」

圭太《けいた》は声をあげて笑《わら》い、着物のたもとに手を入れると、四冊《さつ》のパスポートを取り出した。

「はい、これ。悪いことしたね」

「ほんと、ひどいよ圭太《けいた》さんっ。あたし、閉所恐怖症《へいしょきょうふしょう》なんだからね！」

エム・イーが文句《もんく》を言う。でも、怒《おこ》っているというより、心底《しんそこ》ほっとした顔だった。

「ごめん、きみが閉所恐怖症《へいしょきょうふしょう》だなんて、知らなかったんだ」

圭太《けいた》が、すまなさそうな顔で平あやまりする。

「リカちゃんのお母さんが言うとおり、やりすぎちゃったみたいだ。暗号ゲームを作ってるうちに、つい楽しくなっちゃってね。ぼくも暗号クラブの仲間《なかま》に入れてもらいたいくらいだよ」

クインがうなずき、提案《ていあん》する。

「じゃあ圭太《けいた》さん、日本支部《しぶ》を作ったらどうかな。咲良《さくら》、悠人《はると》といっしょに」

「それ、名案《めいあん》!」

悠人《はると》が歓声《かんせい》をあげ、咲良《さくら》も目をかがやかせた。

「お兄ちゃん、やろうよ。あたしが部長で、悠人《はると》が副部長。お兄ちゃんは書記で決まりね!」

「特別《とくべつ》会員にしてくれるのかと思ったら、書記かあ。まいったなあ……」

頭をかいて圭太《けいた》が言う。

みんな、声をあげて笑《わら》った。

第11章

一行は翌日《よくじつ》、めいっぱい京都観光《かんこう》を楽しんだ。旅のあいだじゅう、コーディ、クイン、エム・イー、ルークの四人がパスポートを肌身《はだみ》はなさず持ち歩いたことは、言うまでもない。そして三日め、東京にもどる日がやってきた。

新幹線《しんかんせん》で京都を出発するとき、コーディはなごりおしくてならなかった。

（あと一か月あっても、まだ足りないよ！　京都には、見どころが山ほどあって）

石と砂《すな》だけで造《つく》られた庭と、ベランダのような舞台《ぶたい》があるお寺が、コーディはとくに気に入った。川沿《ぞ》いを散歩するのも、とても楽しかった。

でも、あと数日で新学期が始まってしまう。バークレーでは、家族がコーディの帰りを待っているのだ。

（パパとママとタナに、早くおみやげをわたしてあげたいな）

東京にもどった次の日、暗号クラブのメンバーは、咲良《さくら》と圭太《けいた》の家にまねかれた。悠人《はると》も来ていて、みんなでワイワイ言いながら、咲良《さくら》のお母さん特製《とくせい》のお好《この》み焼《や》きをごちそうになった。おなかがいっぱいになったあとは、圭太《けいた》が近所を案内《あんない》してくれた。買い物リストのおみやげやマンガを調達《ちょうたつ》するため、いくつかの店によったあと、圭太《けいた》はコスチュームを着てプリクラを撮《と》れる店に連《つ》れていってくれた。ブースに入る前に、好《す》きな衣装《いしょう》と小物をえらび、身に着けることができるのだ。

クインはまよわず、ゴジラのかぶりぐるみをえらんだ。ルークはちょんまげのかつらに日本刀、悠人《はると》はスターウォーズに出てくるジェダイのマントをかぶり、ライトセーバーを手に取った。

コーディはさんざんまよったすえに、くノ一（女忍者《にんじゃ》）の衣装《いしょう》と手裏剣《しゅりけん》をえらんだ。リカと咲良《さくら》は、女剣士風《けんしふう》の袴《はかま》。エム・イーは、大きなかつらをかぶって、舞妓《まいこ》さんに変身《へんしん》した。

エム・イーがうれしそうに笑《わら》って、鏡《かがみ》を見る。

「このかっこう、気に入っちゃったっ。ずっと着ていたいなあ」

「エム・イー、《ゆかた》っていううすい着物なら、着るのもかんたんだよ。買って帰ったら？」

咲良《さくら》の提案に、エム・イーはとびはねてよろこんだ。

「それ、いいいっ！」

「買いやすいゆかたがそろってるお店、ママに聞いておくね」

「ありがとっ！　あ、あと、咲良《さくら》には原宿《はらじゅく》も案内《あんない》してほしいんだよねえ」

二人のおしゃべりが永遠《えいえん》につづきそうだったので、しびれを切らしたルークが言った。

「おーい、話はあとでええけ、はよ撮《と》らんか？」

「あっ、ごめんごめんっ！」

七人は、日本式にピースサインを出して、ポーズを取った。

（バークレーに帰ったら、この撮《と》った写真のシールをどこに張《は》ろうかな？）

帰ることを考えたとき、コーディはふと、さびしくなった。

アメリカの家族には会いたいけれど、日本で出会った新しい友だちと別《わか》れることが、

つらくなったのだ。東京も京都も、日本はどこに行ってもめずらしい物がたくさんあって、食べ物はおいしいし、人は親切だ。見るもの、聞くものぜんぶが、新しい発見に満《み》ちている。

（アメリカに帰ったら、またすぐ日本に来たくなるんだろうなあ。この旅行の思い出は、おばあちゃんになってもきっとわすれない！）

七人がコスチュームをぬいで店を出ると、圭太《けいた》が暗号クラブの顔を順《じゅん》ぐりに見て、言った。

「ぼくが四人のパスポートを盗《ぬす》んだこと、ゆるしてくれるかい？　こわがらせたことも、深く反省《はんせい》してるんだ」

ルークが、みんなを代表して答えた。

「圭太《けいた》さん、気にせんでください。おれたち、そげなことでおこらんけえ。それに、こわいことなんか、なかったしな」

エム・イーが、ぶんぶん首を横にふる。

「言っとくけど、あたしはめちゃめちゃこわかったよっ。二条城《にじょうじょう》には幽霊《ゆうれい》が出るんだって、本気で信《しん》じそうになったんだから」

圭太《けいた》が頭をかいて、エム・イーの顔をまっすぐ見つめる。

「きみがそんなにこわがるとわかってたら、もっとちがう感じのゲームにしたんだけど。ほんと、ごめんよ」

「い……いいよ、ゆるしてあげるっ。今日はこうして、あたしたちを楽しい場所に案《あん》内《ない》してくれたしねっ」

そう言うエム・イーのほおと耳たぶは、ピンク色にそまっている。

(あれ!?)

コーディは思わず、リカと顔を見あわせた。

(エム・イーのこんな顔、はじめて見た！　ひょっとして、圭太《けいた》さんのこと、好《す》きになっちゃったとか!?)

＊＊＊

夕方、暗号クラブの五人は、駅まで見送りに来てくれた咲良《さくら》、悠人《はると》、圭太《けいた》の三人と、ハグをして別《わか》れをつげた。アメリカ式のあいさつに慣《な》れていない咲良《さくら》はくすくす笑《わら》い、悠人《はると》は緊張《きんちょう》でカチコチになっていた。

「みんなに会えて、本当によかった！」

コーディは言い、リカの顔を見た。

「リカには、日本にこんなにいい仲間《なかま》がいるんだね。またはなればなれになっちゃうの、さびしいでしょう」

「うん……でも、咲良《さくら》と悠人《はると》には、いつかアメリカに遊びに来てもらいたいって思ってるの。そのときは、暗号クラブおすすめの場所を、みんなで案内《あんない》するのはどうかな」

「やったあ。楽しみにしてる！」

咲良《さくら》が言うと、悠人《はると》も目をかがやかせた。

「ぼく、アルカトラズ島に行ってみたいんだ」

クインが二つ返事で引き受ける。

「まかしといて。オレたちがすみずみまで案内するから。前に社会科見学で行ったときは、牢獄《ろうごく》の中で古い暗号を見つけて、大どろぼうがかくしたダイヤモンドを見つけたんだ。今度みんなで行けば、またなんか見つかるかもしれないぜ」

リカが言う。

「……エンジェル島にも連《つ》れていきたいな。わたしのひいおじいちゃんがアメリカにわたったとき、最初《さいしょ》にすごした島だから……」

「バラ十字古代エジプト博物館《はくぶつかん》もわすれちゃだめだよっ。怪士《あやかし》の霊《れい》よりこわい、ほんもののミイラがいるんだからね」

エム・イーがウィンクして言うと、コーディがつけ加《くわ》えた。

「あと、カーメル修道院《しゅうどういん》もね。カーメル沿岸《えんがん》は、カリフォルニアでゆいいつ、海賊《かいぞく》が出没《しゅつぼつ》した場所なんだよ」

最後《さいご》はルークの番だ。

「ウィンチェスターのミステリー館も、おもしろいぞ」

コーディ、クイン、エム・イー、リカの四人は、顔を見あわせた。

「ウィンチェスターのミステリー館っ？　あたしたち、まだ行ったことないよね？」

エム・イーが聞くと、ルークはニッと笑《わら》った。

「ああ、ない。けど、うちのばあちゃんが、今度のおれの誕生日《たんじょうび》に、ミステリー館に連《つ》れてってくれるち、ゆうとるんや。もちろん、暗号クラブのみんなもいっしょにな」

「ひゃっほー！」

クインが、ルークと拳《こぶし》をつきあわせる。エム・イー、コーディ、リカの三人は、手をたたいてよろこんだ。

「ウィンチェスターのミステリー館って、どんなところなの？」

咲良《さくら》が聞いた。

「古い屋敷《やしき》でな、部屋数はなんと、全部で百六十。そのうち寝室《しんしつ》は四十もあるんやて。屋敷《やしき》の主《あるじ》やったウィンチェスター夫人《ふじん》は、二晩《ふたばん》とつづけて同じ部屋で寝《ね》ることはなかったちゅう話や。悪霊《あくりょう》のたたりばおそれて、毎晩《まいばん》部屋ば変《か》えたんやと」

「不気味《ぶきみ》だなあ！」

悠人《はると》が言った。でも、その顔はひどくうれしそうだ。

ルークが説明《せつめい》をつづける。

「ウィンチェスター夫人《ふじん》は、そうとうな変人《へんじん》やったらしい。どこにも通じとらん階段《かいだん》を造《つく》らせたり、ドアを開けた先を行きどまりにしたり、秘密《ひみつ》の通路をいくつも造《つく》ったりしたんやて。それもこれもぜんぶ、悪霊《あくりょう》を館の中でまよわせ、夫人《ふじん》のいる場所までたどり着けないようにするためやった。夫人《ふじん》は、悪霊《あくりょう》が存在《そんざい》するち、信《しん》じとったんや」

悪霊《あくりょう》と聞いて、エム・イーがぶるぶるっと身ぶるいした。

「それだけやない。夫人《ふじん》は使用人たちを見張《みは》るため、館中に盗聴《とうちょう》パイプをめぐらせたそうや。死んだ旦那《だんな》さんと通信《つうしん》するために、降霊術《こうれいじゅつ》の部屋も設《もう》けとった。とにかく迷信深《めいしんぶか》い人でな、館の増築《ぞうちく》ばつづけるかぎり、生きつづけられるち信《しん》じとったんやて」

「やだ、こわすぎっ。ルーク、悪いけど、あたしは遠慮《えんりょ》しとく。たとえルークの誕生日祝《たんじょうびいわ》いでも、ムリ！」

エム・イーが言うと、ルークは楽しそうに笑《わら》った。

「まあ、そう言わんと。幽霊屋敷《ゆうれいやしき》に幽霊《ゆうれい》なんかいないちゅうこと、みんなで証明《しょうめい》しに行くばい！」

〈十巻《かん》につづく〉

暗号クラブ　暗号の答え

第1章

〈30ページ〉使われている暗号＝モールス信号《しんごう》

〈答え〉二条城《にじょうじょう》　迷《まよ》えば二度と　出られない

第2章

〈39〜40ページ〉使われている暗号＝指文字

〈答え〉　これ、わたしに？

－・－・/－－・－・/・・/－－/・・－/－－・－・/・・/－－/・・－/
－・・－/－－/－・－－－/－・・・/・・/
－・－・/・・－・・/・・/・・－・・ ?
・－・－－/・・/・・・/－－－/・－－・/・－/

より

〈答え〉日本に持っていって。

これがあれば　ねるときも　さびしくないよ。

！

〈答え〉ありがとう！

〈44ページ〉使われている暗号＝モールス信号《しんごう》

〈答え〉二条城《にじょうじょう》　忍者《にんじゃ》の罠《わな》に　ご用心

第3章 ……………………

〈65ページ〉使われている暗号＝扇子《せんす》暗号

「！きれけまんと！」

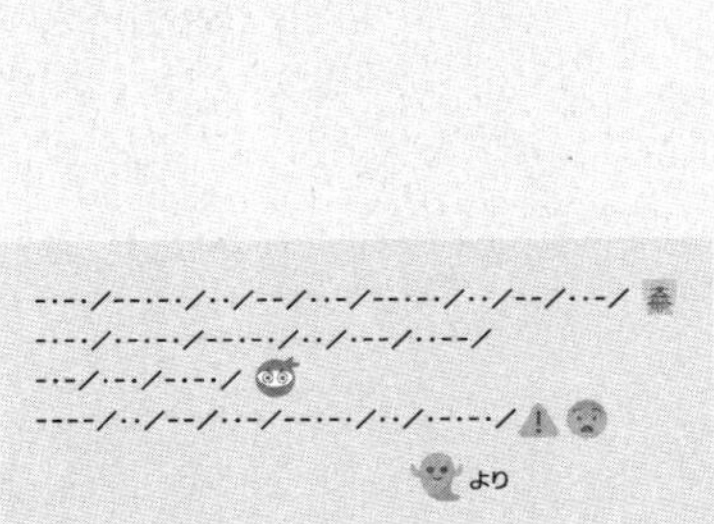

〈答え〉　きけん！　とまれ！

「ニいャたンいコか」

〈答え〉　ニャンコ　かいたい

「ゴいジたラみ」

〈答え〉　ゴジラ　みたい

「かきらすあいげだ」

〈答え〉　からあげ　だいすき

第４章……………………………………

〈78ページ〉使われている暗号＝上杉《うえすぎ》暗号

一一・三二・゛三二・六三・五二・七五
゛五五・二一・三四・四三・六二・五二
〈答え〉いただきます／ごちそうさま
〈80ページ〉使われている暗号＝上杉《うえすぎ》暗号
一三・三五・一七・二二・一三・七六・゛三四・四三
〈答え〉はっとりはんぞう＝服部半蔵《はっとりはんぞう》

第5章

〈117ページ〉使われている暗号＝モールス信号《しんごう》
〈答え〉昼めしはうまかったか？
次は京都で会おう

－－・・－／－・－－・／－・・・－／－－・－・／－・・・／
・・－／－・・－／・－・・／・－－・／－・／・－・・／？
・－－・／－・－・・／・・／－・・・／
－・－・・／－－／・・－／・・－・・／・－・－－／・・／
－－・－－／・－・・・／・・－／

二《に》条城《じょうじょう》の怪士《あやかし》より

第6章

〈120～121ページ〉 使われている暗号＝モールス信号《しんごう》

－・・－／－・／

－・・・－／・－－・／・－－－・／・－－・－／－－・－・／・・／・－・・／・・／

－・－・・／－・／－－

〈答え〉 また めっせーじが きたよ

・－・・・／－－－／－・／・・－・／・・－－／

・・－・・／－－－－／・－・－／－・－・／－・・－・／

－・－・・／－・／

〈答え〉 おれたちの ところにも きた

・－・／・－・－・／・－・－－／

・－・・／・－／・－・－－／－－・－－／・－－・／－・／？

〈答え〉 なんてかいてあった？

－・／・・／－－－／・－・・／・－・・／・・／
－・－／－・／－－・－・／－・／・・－・／・・－－／
－－・－－／・・－・・／・－－－／
・－－・／－・－－／・－・－－／－・－－・／・－－・／・－・－－／
－－－－／・・－・・／－・／・・／－－／－－・－／。
・－・／・－・－・／・－・－－／・・／－・／・・／・－・－／？

〈答え〉だれかがわたしたちのあとを　つけてるってことだよね。
なんでだろ？

－・－／・－・・／・・・／・－・－・／

〈答え〉わからん

〈１２４ページ〉使われている暗号＝上杉《うえすぎ》暗号

〈答え〉暗号を　見つけて解《と》くべし　京の城《しろ》

六一・七六・五五゛・四三・二五
六六・三五・五三・五七・一七・四七・一六゛・六七
六三・三一・四三・四五・六七・一二

〈132ページ〉使われている暗号＝LEET《リート》暗号
〈答え〉古池や　かわず飛《と》びこむ、水の音

第7章

〈149ページ〉使われている暗号＝指文字

！

〈答え〉さっきのひとだ！

？

〈答え〉どこ？

？

|= (_) 12 (_) ! |< 3 ¥4
|< 4 vv 4 2 (_) +() 8! |< () |v| (_)
|v| ! 2 (_) И () () +()

〈答え〉みなかった？

〈158ページ〉使われている暗号＝忍者《にんじゃ》暗号

〈答え〉謎《なぞ》を解《と》き、パスポートを見つけよ。

手おくれにならないうちに。

第8章

〈165ページ〉使われている暗号＝扇子《せんす》暗号

〈答え〉むしゃがくし　なかをさがせ　＝　武者隠《むしゃがく》し　中をさがせ

由利《ゆり》／根津《ねづ》／篠山《ささやま》／伴《とも》　望月《もちづき》／伴《とも》　果心《かしん》／伴《とも》／高坂《こうさか》／間宮《まみや》、
柳生《やぎゅう》／根津《ねづ》／小笠原《おがさわら》／山本／柳生《やぎゅう》／伴《とも》／一／果心《かしん》／伴《とも》　望月《もちづき》／伴《とも》
猿飛《さるとび》／間宮《まみや》／果心《かしん》／山本／高坂《こうさか》／筧《かけい》／唐沢《からさわ》／伴《とも》

果心《かしん》／筧《かけい》／伴《とも》／高坂《こうさか》／山本／霧隠《きりがくれ》／筧《かけい》／由利《ゆり》／間宮《まみや》
由利《ゆり》／根津《ねづ》／霧隠《きりがくれ》／根津《ねづ》／由利《ゆり》／根津《ねづ》／間宮《まみや》
山本／果心《かしん》／間宮《まみや》／由利《ゆり》／間宮《まみや》。

〈172ページ〉使われている暗号＝扇子《せんす》暗号

〈答え〉 ひみつ　つうろ ＝ 秘密《ひみつ》 通路

〈179ページ〉使われている暗号＝扇子《せんす》暗号

〈答え〉 吊《つ》りばしご

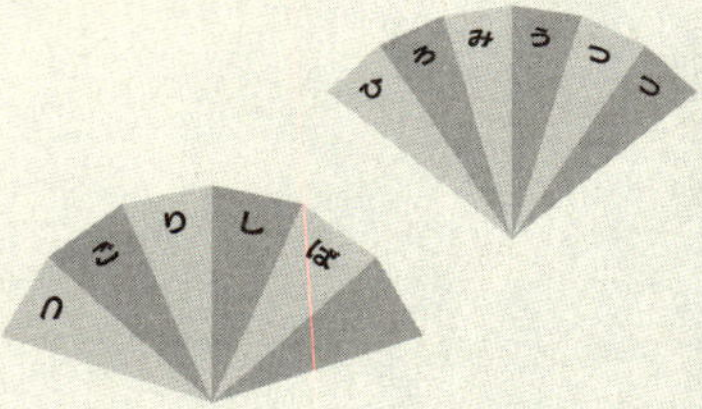

第9章

〈194ページ〉使われている暗号＝旗《き》りゅう信号《しんごう》

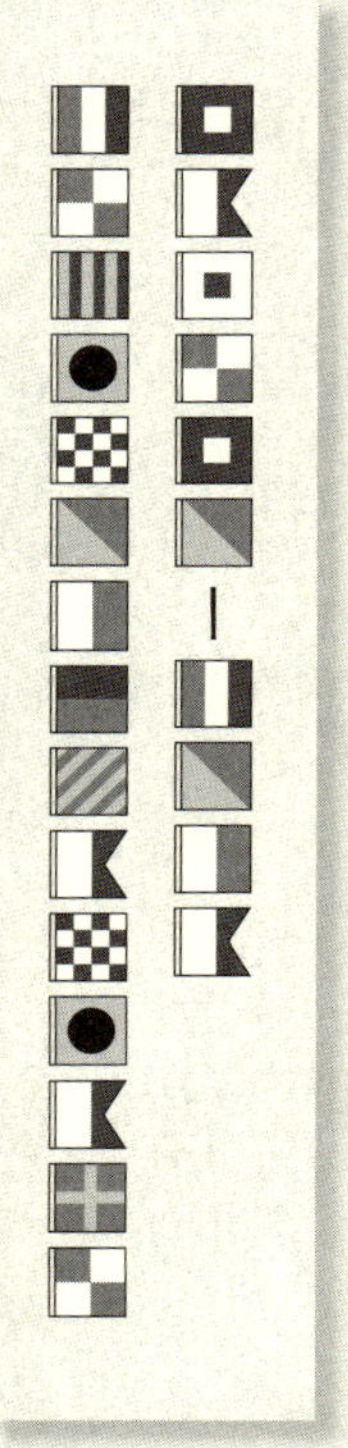

〈答え〉 パスポートは、つぎのへやにある。

〈194ページ〉使われている暗号＝点字

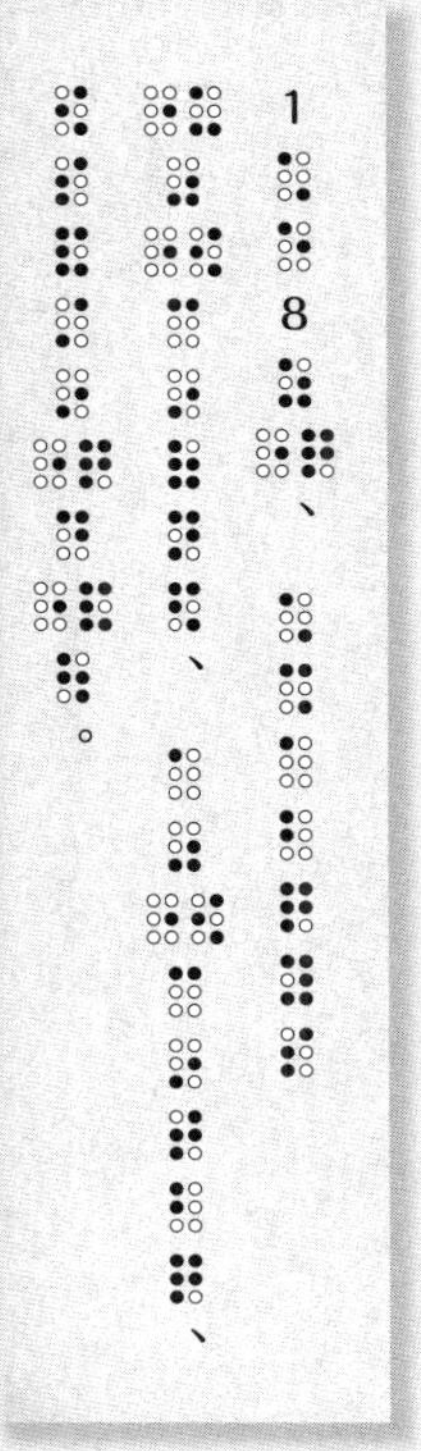

〈答え〉1から8まで、各アイテムの番号を見つけ、暗号をといて、このへやを出るべし。

〈195ページ〉使われている暗号＝手旗信号

〈答え〉 ただし、時間ぎれとなったばあいは、
怪士《あやかし》が来たりて――

〈198ページ〉使われている暗号＝おどる人形暗号
〈答え〉 Fire Wave《ファイヤー・ウェイブ》

〈199ページ〉使われている暗号＝おどる人形暗号
〈答え〉 シックスラン

〈203ページ〉使われている暗号＝指文字

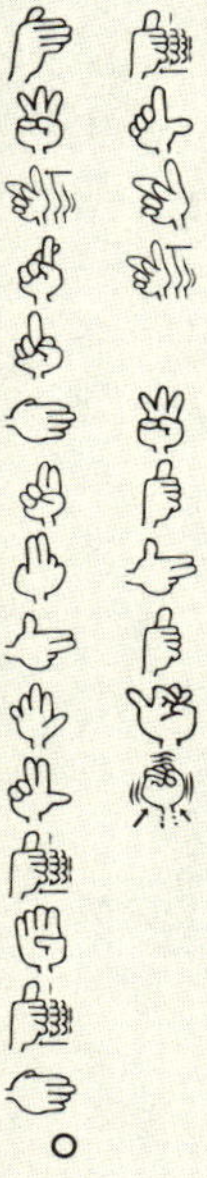。

〈答え〉 だれかが　わたしたちを　こわがらせようとしてるだけだよ。

〈207ページ〉使われている暗号＝指文字

！

〈答え〉　聞いて！

第10章

〈223ページ〉使われている暗号＝暗号クラブ専用《せんよう》通話表

おりがみ　切手　鳥かご　てんてん　子ども　野原　うさぎ　新聞　ローマ字

飛行機《ひこうき》　みかん　月夜　野原　月夜　うさぎ　ローマ字

〈答え〉　置《お》き床《とこ》の後ろ　秘密《ひみつ》の通路

作者あとがき

『暗号クラブ』の最新巻《さいしんかん》『暗号クラブ、日本へ！』を書きながら、わたしは一昨年《いっさくねん》（二〇一五年）にはじめて日本を訪《おとず》れたときのことを思い出していました。じつは、暗号クラブのメンバーたちがこの本の中で行ったところの多くは、わたし自身が行って、わくわくする楽しい時間をすごした場所なのです。

日本に行く前、わたしは少し不安《ふあん》でした。日本語はまったく話せないし、習慣《しゅうかん》やしきたりもよく知らなかったからです。でも、日本で出会った人たちはみな、とても親切でいい人たちでした。わたしは到着《とうちゃく》したそのときから、歓迎《かんげい》されているような気分になりました。

ＫＡＤＯＫＡＷＡのすばらしい編集者《へんしゅうしゃ》、林さんは、いろいろなイベントを準備《じゅんび》してくれていました。丸善《まるぜん》ラゾーナ川崎《かわさき》店では、サイン会を開きました。日本の『暗号クラブ』ファンと会えたのは、この上ないよろこびでした。まるでロック・スターになった気分でしたよ！　お菓子《かし》やおり紙をくれる子もいました。すてきなイベントをサポートしてくれた優秀《ゆうしゅう》なスタッフの皆《みな》さんには、感謝《かんしゃ》してもしきれません。

学校訪問《ほうもん》も行いました。東京都港区立東町《みなとくりつひがしまち》小学校の四年生の前で、わたしは本を書くことや、暗号について話をしました。いっしょに給食をいただいたのは、貴重《きちょう》な経験でした！　名古屋のインターナショナル・スクールにもおじゃましました。全員と写真を撮《と》ったことを覚《おぼ》えています。

わたしが日本に行ったのは八月だったので、とても暑かったのですが、美しい景色《けしき》や歴史《れきし》ある建造物《けんぞうぶつ》を見ているうちに、暑さをわすれてしまいました。京都では、伏見《ふしみ》稲荷神社《いなりじんじゃ》、清水寺《きよみずでら》を見て、お好《この》み焼《や》きと餃子《ぎょうざ》を食べました。東京の新宿《しんじゅく》では、大好《だいす》きな「ゴジラ」と写真を撮《と》りました（ぎろりとにらまれたような気がして、こわかったけど）。秋葉原《あきはばら》では、たくさんのおみやげを買いました――孫《まご》たちにはポケモン・カードとセーラームーンのフィギュア、友人たちにはきれいな扇子《せんす》や手ぬぐい。そして自分用に、お菓子《かし》をたくさん！　キットカットにさまざまな味があることもおどろきでした（アメリカでは、ふつうのチョコレート味だけなんですよ！）。

一週間の日本旅行のあいだに、わたしは新しいことをいくつか学びました。はしの正しい使い方、日本ではくつをぬいで家に入ること、あいさつするときは敬意《けいい》をもっておじぎをすること。「こんにちは」「ありがとう」「ごめんなさい」など、少しの日本語。そうそう、日本で一番おどろいた物――それは、トイレでした！　なんて未来《みらい》的《てき》でかっこいいの？と思いました。あたたかい便座《べんざ》にすわったのは、はじめてでしたが、とてもよい感じで、アメリカにもあったらいいのにと思っています。

美しいものややさしい心でいっぱいの日本を去《さ》るときは、とてもさびしかったのを覚《おぼ》えています。今も、たくさんの写真を見ながら、思い出にひたっています。

また日本に行きたい――そんな願《ねが》いが、もうすぐかないそうです。日本のみなさんに会える日が、待《ま》ちきれません！

ペニー・ワーナー

訳者《やくしゃ》あとがき

読者のみなさま、お待たせしました。『暗号クラブ9　暗号クラブ、日本へ！』をおとどけします。

今回は、暗号クラブが初《はつ》の海外旅行にくり出します。行き先はなんと、日本！　クラブの日本人メンバー、リカが、二人の幼《おさな》なじみやお母さんといっしょに、コーディたちを東京、京都に案内《あんない》します。

舞台《ぶたい》はみなさんがよく知っている日本ですが、もしかしたらこれまでで一番、異文《いぶん》化《か》を感じさせる巻《かん》かもしれません。旅行中のコーディたちが、わたしたち日本人には思いもよらないことに注目し、おどろいたり感心したりするので、「こんなところにも、国によってちがいがあるんだ」と、たびたび気づかされるのです。たとえば、クインたち（そしてペニーさん自身も！）が大興奮《だいこうふん》した洗浄便座《せんじょうべんざ》は、アメリカではまずお目にかかれない代物《しろもの》ですし、バスやタクシーの運転手がはめている白手ぶくろも、アメリカ人の目には新鮮《しんせん》で、とてもきちんとして見えます。

今回の冒険《ぼうけん》のハイライトは、京都の二条城《にじょうじょう》――徳川将軍家《とくがわしょうぐんけ》のお城《しろ》見学です。物語に登場する、うぐいす張《ば》りの廊下《ろうか》や、張台《はりだい》の間《ま》などは、二条城《にじょうじょう》に足を運ぶ機会《きかい》があったら、ぜひみなさん自身の目でたしかめてみてください。ただし、非公開《ひこうかい》の間《ま》や秘密《ひみつ》の通路、天井裏《てんじょううら》の武者隠《むしゃがく》しなどは、別《べつ》の建築《けんちく》をモデルにしてつけ加《くわ》えられたフィクションですので、あしからず……。

天井裏《てんじょううら》の見張《みは》り部屋、吊《つ》り階段《かいだん》といった、からくり建築《けんちく》に興味《きょうみ》を持った方には、滋《し》賀県《がけん》の甲賀流忍者屋敷《こうがりゅうにんじゃやしき》や、石川県の妙立寺《みょうりゅうじ》の見学をおすすめします（現地《げんち》に行けなくても、公式ホームページにたくさん情報《じょうほう》がのっています）。京都の二条陣屋《にじょうじんや》という古《こ》民家《みんか》にも、大名《だいみょう》などの客人《きゃくじん》を守るために造《つく》られたしかけが今も残《のこ》っています。

＊＊＊

著者《ちょしゃ》のペニーさんとは、一度、日本語版《ばん》の編集者《へんしゅうしゃ》、イラストレーター、ブックデザイナーの方々といっしょにお会いしたことがあります。子どものころの気持ちを今もわすれずにいる、おちゃめで心やさしい方でした。小さいころ、『ナンシー・ドルー』などの探偵小説《たんていしょうせつ》が大好《だいす》きだったというペニーさん。暗号を自在《じざい》にあやつるコーディたちの冒険物語《ぼうけんものがたり》は、そんなペニーさんの思い出から生まれたものだそうです。

思い返せば訳者《やくしゃ》のわたしも、暗号の好《す》きな小学生でした。ホームズの『おどる人形』を読んで、英語《えいご》で一番たくさん使われる「E《イー》」を手がかりに暗号を解読《かいどく》する名探偵《めいたんてい》にあこがれたり、友だちとバビブベボ語で会話したりしたものです。あれから数十年たった今、『暗号クラブ』のおかげでたくさんの暗号を知り、ふたたび楽しむことができて、とても幸運だと思っています。

さて、次巻《じかん》の舞台《ぶたい》は、コーディたちが住むバークレーからほど近い、サンノゼという街《まち》です。サンノゼは「シリコン・バレー」と呼《よ》ばれ、コンピュータ関連《かんれん》の会社が集まるハイテク都市ですが、暗号クラブが訪《おとず》れるのは、約《やく》百年前に建《た》てられたという、迷路《めいろ》のように入りくんだ大邸宅《だいていたく》。《ウィンチェスター・ハウス》と呼《よ》ばれるその家は、世にも奇妙《きみょう》なリアルおばけ屋敷《やしき》として、アメリカでも有名なのだそうです。幽霊《ゆうれい》が苦手《にがて》なエム・イーがパニックを起こさないだろうかと、今からちょっと心配ですが……。

暗号クラブの五人がくり広げる冒険物語《ぼうけんものがたり》、次巻《じかん》もぜひご期待ください！

番《ばん》　由美子《ゆみこ》

2017年8月発売予定！

第⑩巻 ミステリー館のかくし部屋（仮）

迷信《めいしん》深いウィンチェスター夫人が建《た》てた
「ミステリー館」へやってきた暗号クラブの5人。
館内ツアーの途中で発見した暗号を解《と》いて
禁《きん》じられた別館への入り口を見つけてしまう。
そこでは、あやしげな会合が行われていて——！

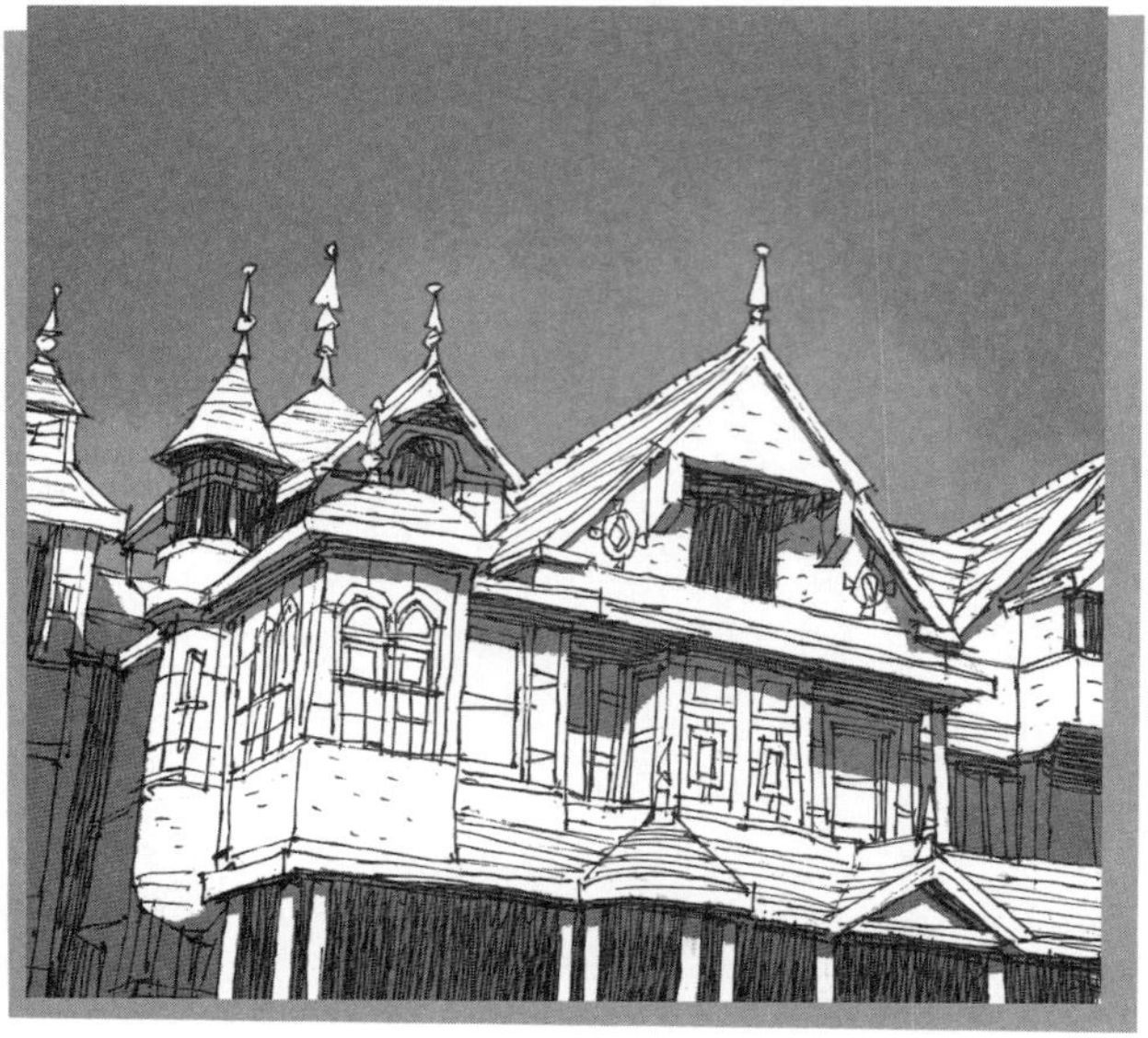

著者：ペニー・ワーナー　Penny Warner

児童書作家。2002年に出版した『The Mystery of the Haunted Caves』（原題）は、アガサ・クリスティー賞とアンソニー児童書賞のミステリー部門大賞を受賞した。多くの児童書を執筆し、世界十四か国で出版されている。米国カリフォルニア州ダンヴィル在住。
公式サイト http://www.pennywarner.com/

訳者：番　由美子　Yumiko Ban

英語・フランス語翻訳者。訳書に『デーモンズ・レキシコン　魔術師の息子《むすこ》』『新ドラキュラ（上下）』（ともにメディアファクトリー刊）、『絹の女帝』（ランダムハウス講談社刊）などがある。米国ニューヨーク州在住。

イラストレーター：ヒョーゴノスケ　Hyogonosuke

イラストレーター、アートディレクター。16歳のとき「週刊少年ジャンプ」にて漫画家デビュー。その後、数々のコンシューマーゲーム、ソーシャルゲームのアートディレクション業務に携わる。本書のほか『ホラー横丁13番地』シリーズ（偕成社刊）『ぼくはこうして生き残った！』シリーズ（KADOKAWA刊）の挿絵も手がけている。神奈川県在住。

暗号クラブ

THE CODE BUSTERS CLUB Book9
by Penny Warner

This Japanese edition was published by arrangement with Penny Warner c/o Taryn Fagerness Agency and Full Circle Literary, LLC
through The English Agency (Japan) Ltd.

⑨ 暗号クラブ、日本へ！

2017年 4月14日　初版　発行
2018年 5月10日　5版　発行

著　者　ペニー・ワーナー
訳　者　番　由美子
発行者　郡司　聡

発行　株式会社KADOKAWA
〒102-8177　東京都千代田区富士見2-13-3
電話　0570-002-301（ナビダイヤル）

印刷・製本　図書印刷株式会社

ISBN 978-4-04-104518-3 C8097　N.D.C.933 256p 18.8cm

Printed in Japan

カバー・本文イラスト　ヒョーゴノスケ
装丁・本文デザイン　寺澤圭太郎
DTPレイアウト　木蔭屋
編集　林　由香